키다리 아저씨

Daddy-Long-Legs
Jean Webster

키다리 아저씨

진 웹스터 지음 | 한영환 옮김

문예출판사

차 례

우울한 수요일

7

키다리 아저씨 스미스 씨에게 보낸
제루샤 애봇 양의 편지들

19

작가와 작품 해설

235

우울한 수요일

　매달 첫째 수요일은 '지긋지긋하게 싫은 날'이었다. 그날이 다가오면 불안으로 떨어야 하고, 용기를 내어 참아야 하며, 하루가 지나가면 되도록 빨리 잊어버리고 싶은 그러한 날이었다. 방과 마루를 구석구석까지 깨끗이 청소해야 하고, 모든 의자들도 먼지 한 점 없게 해야 하며, 모든 침대의 이부자리도 구김 하나 없게 해야 했다. 아흔일곱 명이나 되는 어린 원아들을 깨끗이 씻기고, 빗기고, 새로 풀 먹인 싸구려 무명옷을 입히지 않으면 안 되었다. 아흔일곱 명의 원아들은 한시도 가만히 있지 않아 일은 더욱 힘들었다. 또한 원아들에게 행실에 관해서도 일러주어야 하며 후원회의 이사가 물어볼 때 '네, 그렇습니다'나 '아뇨, 그렇지 않습니다'로 대답하는 법을 가르쳐주어야 했다.

　그날은 정말 괴로운 날이었다. 제루샤 애봇은 가장 나이 많은 원아였기 때문에 불행히도 이런 일들을 해내지 않으면 안 되었다. 그러나 그날 이 특별한 첫째 수요일의 일과도 드디어 끝나게 되었다. 제루샤는 고아원에 온 귀빈들에게 줄 샌드위치를 만들던 부엌에서 빠져나와 보통 때 늘상 하던 일까지 끝내려고 2층으로 올라갔다. 제루샤가 특별히 책임지고 있는 방은 F실인데, 그곳에는 한 줄로 나란히 놓여 있는 열한 개의 작은 침대에 세 살부터 일곱 살까지의 꼬마 열한 명이 누워 있었다. 제루샤는 아이들을 모아놓고 그들의 구겨진 옷을 펴주고 코를 닦아주고 나서, 빵과 우유와 말린 자두 푸딩을 먹게 될 즐거운 30분 동안을 위해 신이 나 있는 아이들을 질서 정연하게 정렬시켜 식당으로 인도했다.

그리고 나서 제루샤는 창문 옆 자리에 털썩 주저앉아 차가운 유리창에 고동치는 관자놀이를 갖다댔다. 그녀는 그날 새벽 5시부터 줄곧 서서 이 사람 저 사람의 심부름을 도맡아 했으며, 신경질적인 원장한테 욕도 먹고 재촉도 받았다. 원장인 리펫 부인은 이사들이나 여자 손님들 앞에서는 조용하고 위엄 있는 태도를 보였지만 사람들이 보지 않는 곳에서는 그렇지 않았다.

제루샤는 고아원의 경계를 표시하는 높다란 쇠 울타리 너머로 펼쳐진 널따란 얼어붙은 잔디밭을 내다보았다. 굽이치는 능선 아래로 넓은 땅을 가진 전원 저택들이 군데군데 보였다. 저 멀리로는 잎이 다 떨어진 나무들 가운데 높이 솟아 있는 마을 교회의 뾰족탑들이 보였다.

그날이 끝난 것이다. 그녀는 그날을 상당히 무난하게 치러냈다고 생각했다. 이사들과 시찰 위원들은 고아원 내부를 시찰하고 보고서를 읽고 차를 마셨다. 그들은 이제 그들에게 귀찮은 존재인

어린 원아들의 일을 앞으로 한 달 동안 잊어버리기 위해 황급히 그들 자신의 즐거운 가정으로 돌아가고 있었다. 제루샤는 창문에 기대어 고아원 정문을 빠져나가는 마차들과 자동차들의 행렬을 호기심 가득 찬 눈으로 내려다보았다. 그녀의 눈에는 동경의 빛이 어려 있었다. 제루샤는 상상으로 마차나 자동차 하나하나를 따라 언덕 기슭 여기저기에 자리잡고 있는 큰 저택을 방문해보았다. 그녀는 털 외투를 입고 새털 장식의 벨벳 모자를 쓰고 자동차에 비스듬히 기대앉아 예사롭게 '집으로 가자'고 중얼거리듯 말하는 자신을 그려보았다. 그러나 그녀의 공상은 저택 문 앞에 다다르면서 여지없이 깨어지고 말았다.

제루샤는 상상력이 풍부한 소녀였다. 리펫 원장은 제루샤에게 조심하지 않으면 이 상상력 때문에 큰일을 저지르게 될지 모른다고 경고한 바 있었다. 그러나 상상력이 아무리 예리하다 해도 그녀는 저택의 현관을 통해 그 안으로 들어가는 것까지는 도무지 상상할 수 없었다. 제루샤는 호기심이 많고 모험을 좋아하나 가엾게도 고아원이 아닌 일반 가정에는 한 번도 들어가본 적이 없다. 그녀는 원아들로부터 괴로움을 당하지 않는 생활을 영위하는 다른 사람들의 일과를 도저히 상상할 수 없었다.

제―루―샤 애―봇
사무실에서

부른대요.

빨리 가는 것이

좋을 것 같아요.

성가대원인 토미 딜론이 이렇게 노래를 부르며 2층으로 올라와 복도를 걸어오고 있었다. 그가 F실로 다가옴에 따라 노랫소리가 점점 더 크게 들렸다. 제루샤는 싫은 것을 참고 억지로 창문에서 몸을 떼어 다시 고통스러운 현실에 부딪혔다.

"누가 나를 불러?"

그녀는 근심에 가득 찬 어조로 토미의 노래를 가로막으며 물었다.

"리펫 원장님이 사무실에서."

토미는 경건하게 읊조리면서 대답했는데, 그의 어조가 심술만으로 차 있는 것은 아니었다. 마음이 영악해질 대로 영악해진 어린 원아지만 골난 원장에게 야단 맞으러 불려가는 누나에게 동정을 전혀 느끼지 않는 것은 아니었다. 토미는 때때로 그의 팔을 잡아당겨 떨어져 나갈 정도로 아프게 코를 닦아주기도 하지만 그녀를 좋아했다.

제루샤는 더는 묻지 않고 움직였으나 이마에는 두 줄의 주름이 생겨 있았나. 도내체 무엇이 살못뇌었을까 생각해보았다. 샌드위치가 충분히 얇지 않았단 말인가? 호도과자에서 호도 껍질이라도 나왔단 말인가? 여자 방문객 중에서 수지 호돈의 양말에 구멍 난 것을 본 사람이 있단 말인가? 아니면 혹시 그녀가 맡은 F실의 어떤 철부지가 이사에게 ― 그렇다면 야단인데! ― 버릇 없는 말을 했을까?

아래층의 기다란 홀에는 아직 불이 켜 있지 않았다. 제루샤가 아래층에 내려섰을 때 마지막으로 떠나는 이사가 주차장으로 통하는 문을 막 나서고 있는 모습이 보였다. 제루샤는 그 남자가 지나가는 모습을 얼핏 보았다. 그로부터 받은 인상은 오직 그 남자의 키가 크다는 것뿐이었다. 그 이사는 손을 흔들어 구부러진 차도에서 기다리고 있는 자동차를 불렀다. 자동차가 움직이기 시작하여 문 쪽으로 다가오면서 잠깐 동안 헤드라이트 불빛을 비추어 건물 내벽에 그의 그림자를 선명하게 비추었다. 거대하게 늘어진 다리와 팔의 그림자가 마루에서 복도의 벽 위로 기어올라갔다. 그것은 꼭 휘청휘청 걸어가는 거대한 장님거미〔daddy-long-legs : 이 말은 키다리라는 뜻도 된다〕같아 보였다.

걱정으로 이마를 찌푸렸던 제루샤는 곧 웃음을 띠었다. 천성적으로 명랑한 그녀는 즐거울 수 있는 것은 아주 사소한 것이라도 놓치지 않았다. 만약 이사의 위압감을 주는 모습에서 어떤 재미있는 요소를 발견할 수 있다면 그것은 예상치 않은 큰 수확인 셈이다. 원장실로 걸어가는 제루샤는 이 하찮은 사건으로 기분이 명랑해져서 리펫 원장에게 밝게 웃는 얼굴을 보여줄 수 있었다.

놀랍게도 원장 역시 웃고 있었다. 원장의 얼굴이 정확히 웃고 있었다곤 말할 수 없어도 적어도 상냥한 표정은 짓고 있었다. 그녀가 손님을 대할 때 보이는 것과 유사한 유쾌한 표정이었다.

"제루샤, 앉거라. 네게 긴히 할 얘기가 있다."

제루샤는 제일 가까이에 있는 의자에 앉아 숨도 제대로 못 쉬고 원장의 다음 말을 기다렸다. 자동차 헤드라이트 불빛이 창문을 잠시 비추자 리펫 원장은 그쪽을 힐끗 보았다.

"지금 막 나가신 이사님을 보았니?"

"예, 뒷모습만 보았어요."

"그분이 바로 우리 고아원에 많은 돈을 기부하시는 이사로 아주 유복한 분이시다. 그분이 자신의 이름을 알리면 안 된다고 강조하셨기 때문에 나는 그분의 이름을 너에게 말할 수는 없다."

제루샤의 눈은 약간 휘둥그레졌다. 그녀는 원장실에 불려와 원장한테서 이사의 괴팍한 성격에 관해 이야기를 들은 적이 여태껏 한 번도 없었다.

"그분은 우리 고아원의 남자애들 몇 명을 공부시켜주고 계신다. 너도 찰스 벤튼과 헨리 프로이즈를 기억하겠지? 그애들도 모두 저― 아니 그 이사님이 대학에 보내주셨다. 그애들은 열심히 공부하여 성공함으로써 학비를 대준 은혜를 갚았지. 그분은 우리 아이들이 그렇게 되기만을 바라고 달리 물질적인 보상을 받으려 하지 않으신다. 그런데 그분의 이와 같은 자선은 이제까지는 남자애들에게만 베풀어져왔어. 우리 고아원에 우수한 여자애가 있어서 아무리 애를 써도 그분으로 하여금 여자애에게 관심을 갖게 할 수는 없었다. 말하자면 그분은 여자애한테는 흥미가 없으신 모양이다."

"아, 그래요."

제루샤는 중얼거렸다. 이때쯤 한 번은 말대꾸를 해주어야 할 것같이 생각되었기 때문이다.

"오늘 회의에서 너의 진로 문제를 논의했다."

리펫 원장은 잠시 침묵을 지키다가 다시 느리고 낮은 목소리로 말을 시작하여 갑자기 긴장하게 된 제루샤를 몹시 궁금하게 만들었다.

"너도 알다시피 보통 우리 고아원에서는 열여섯 살이 되면 여기를 떠나게 되어 있다. 너에게만 예외를 베풀어주었지. 네가 공부를 아주 잘했기 때문에 열네 살에 우리 학교를 졸업한 후―품행은 늘 좋았다고 말할 수 없지만―너를 마을의 고등학교로 보내기로 결정했지. 그런데 이제 고등학교도 졸업했단 말이야. 물론 고아원이 더는 너를 양육할 의무는 없다. 이미 너는 다른 아이들보다 여기서 2년이나 더 있었지."

리펫 원장은 제루샤가 숙식을 제공받는 대가로 그 2년 동안 열심히 일을 했다는 사실과 고아원의 편의가 먼저고 제루샤의 교육은 그 다음이라는 점, 그리고 요즘은 하루 종일 마루닦기를 하고 있다는 사실은 생각하지 않았다.

"조금 전에 이야기한 대로 오늘 회의에서 너의 진로 문제가 거론됐어. 그래서 네 기록이 검토되었지. 철저하게 검토되었어."

리펫 원장은 피고석에 앉아 있는 죄수를 내려다보며 꾸짖는 듯한 눈초리로 제루샤를 보았다. 제루샤는 자신의 기록에 특별히 큰 오점이 있어서가 아니라 그저 그렇게 보여지는 것이 기대되고 있기 때문인지 죄수처럼 보였다.

"물론 너 같은 처지에 있는 아이에게는 일자리를 구해주는 것이 상책이겠으나, 너는 몇몇 과목에서 썩 우수한 성적을 냈단 말이다. 특히 국어 성적은 아주 우수했어. 우리 고아원의 시찰 위원인 프리차드 양은 마을 고등학교의 이사이기도 한데, 그분이 너를 위해 연설을 했단다. 그분은 너의 수사학(修辭學) 선생과 너에 관해 자주 의견을 나누었다고 했다. 그분은 또 네가 쓴 〈우울한 수요일〉이란 수필을 큰 소리로 낭독했다."

제루샤는 정말 죄지은 사람의 표정을 짓게 되었다.

"너를 이제까지 키워주고 공부시켜준 고아원을 웃음거리로 만들다니 너는 고마움을 모르는 애 같더구나. 만약 그 글이 재미있게 쓰여지지만 않았어도 난 널 용서하지 않았을 거다. 그런데 너에게 운이 트이려고 그랬는지 지금 막 나가신 이사님은 유머감각이 무척 풍부하시더구나. 그분은 네 건방진 작문 실력을 믿고 너를 대학에 보내주겠다고 제안했다."

"대학에요?"

제루샤의 눈은 휘둥그레졌다.

리펫 원장은 고개를 끄덕였다.

"그분은 남아서 나와 조건을 상의했어. 참 별난 조건도 다 있지. 좀 괴짜인 것 같더라. 그분은 네가 창작력이 있다고 믿고 있어. 너를 작가가 되게 공부시킬 계획이란다."

"작가요?"

제루샤는 얼떨떨했다. 그녀는 리펫 원장의 말을 되풀이할 수밖에 없었다.

"그것이 바로 그분이 바라는 거다. 성공할지 어떨지는 두고 봐야 알겠지만 말이다. 그분은 아주 넉넉한 돈을 너에게 대줄 거다. 돈을 한 번도 가져보지 못한 계집애에게 주는 돈 치고는 너무 많은 돈이 될 거야. 그러나 그분이 일을 어떻게나 세밀하게 계획했는지 내가 다른 제안을 할 엄두를 못 냈다. 너는 여름까지만 여기에 머물러 있게 된다. 프리차드 양이 친절하게도 너의 여장을 돌봐주겠다고 했어. 너의 기숙사비와 등록금은 대학으로 직접 송금이 될 거고, 그것 말고도 너는 4년 동안 매달 35달러씩의 용돈을 받게 될 것이다. 그 정도의 용돈이면 다른 학생과 비교해도 부끄럽지 않게 지낼 수 있다. 그분의 개인 비서가 다달이 너에게 송금해줄 거야. 대신 너는 한 달에 한 번씩 그분에게 편지를 써야 해. 편지에서도 너는 돈을 보내준 데 대해 감사하단 말은 할 필요 없다. 그분은 그런 인사는 원치 않는다. 다만 네 공부가 얼마만큼 향상되었는지 매일의 일과를 자세히 쓰면 된다. 만약 부모가 계시다면 마치 네가 부모님에게 보내는 식으로.

그 편지는 존 스미스 씨 귀하라고 써서 비서 앞으로 보내야 한다. 그러나 그분의 이름이 존 스미스는 아니다. 그분은 이름이 밝혀지는 걸 원치 않으셔. 너는 그저 그분을 존 스미스 씨라고 알면 돼. 그분이 편지를 요구하는 것은 편지가 표현력을 기르는 데 더없이 좋다고 생각하기 때문이야. 네게는 편지를 보낼 가족이 없으니까 그분은 이런 식으로 네게 편지를 쓰게 하려는 거야. 또한 편지를 통해 네 학습의 진도를 알아보려는 거야. 그분은 네 편지에 절대 답장을 하지 않을 거다. 그분은 네 편지에 전혀 관심을 두지 않을 거란 말이다. 편지 쓰기를 싫어하며 너 때문에 부담을 느끼게 되는 것을 원치 않으셔. 만약 꼭 회답이 필요할 경우가 발생하면, 그런 일은 없을 줄로 알지만 예를 들어 네가 퇴학을 당하는 경우라도 생긴다면 그의 비서인 그리그스 씨에게 사연을 말하면 된다. 어쨌든 네 쪽에서 매달 편지를 쓰는 것이 절대적인 의무로 되어 있다. 스미스 씨가 요구하는 유일한 보상이니까, 마치 빚을 갚듯이 꼬박꼬박 편지를 보내야 해. 늘 정중한 말씨를 쓰고 여기서 잘 배웠음을 보여주기 바란다. 너는 존 그리어 고아원의 이사님에게 편지한다는 사실을 잊어서는 안 된다."

제루샤는 장황한 설교가 지루한 듯이 문 쪽을 자꾸 바라보았다. 그녀의 머리는 흥분의 소용돌이에 휘말려 빨리 리펫 원장의 진부한 설교에서 벗어나 혼자서 생각하고 싶을 뿐이었다. 그녀는 의자에서 일어나 뒷걸음질쳐보았다. 그러나 리펫 원장은 더 있으라고 손짓했다. 리펫 원장은 이렇게 좋은 웅변의 기회를 놓치고 싶지 않았다.

"너는 너한테 굴러들어온 이 진귀한 행운에 충분히 감사하고 있겠지? 너 같은 처지에 있는 계집애가 이런 출세의 기회를 갖는다는 건 흔한 일이 아냐. 너는 늘 명심하여……."

"원장님, 잘 알겠습니다. 고맙습니다. 그 말씀뿐이시라면 이제 전 가서 프레디 퍼킨즈의 바지를 기워야겠어요."

제루샤는 원장실 문을 닫고 나왔다.

말을 매듭짓지 못한 리펫 원장은 입을 벌린 채 제루샤가 나가는 모습을 멍하니 바라보았다.

키다리 아저씨 스미스 씨에게 보낸
제루샤 애봇 양의 편지들

9월 24일 퍼거슨관 215호실에서

원아들을 대학에 보내주시는 고마운 이사님께 —

 드디어 대학에 왔습니다. 저는 어제 기차를 타고 네 시간 동안 여행을 했습니다. 참 재미있었어요. 그렇지 않겠어요? 기차를 난생처음 타봤으니까요.

 학교는 아주 커서 눈이 핑핑 돌 정도입니다. 저는 방을 나서기만 하면 길을 잃어버립니다. 나중에 좀 익숙하게 되면 학교를 자세히 묘사해드릴게요. 또 제 공부에 관해서도 그때 말씀드리겠습니다. 지금은 토요일 밤인데 수업은 월요일 아침부터 시작합니다. 우선 인사부터 드리고 싶어 이 편지를 쓰는 것입니다.

 얼굴도 보지 못한 사람에게 편지를 쓰자니까 좀 이상한 생각이 듭니다. 아니, 사실은 제가 편지를 쓴다는 것 자체가 좀 이상한 느낌을 줍니다. 왜냐하면 저는 아직 세 번인가 네 번밖에 편지를 쓴 적이 없으니까요. 그러니 편지글에 맞지 않게 쓰더라도 눈감아주시기 바랍니다.

어제 아침 고아원을 떠나기 전에 리펫 원장과 저는 매우 심각한 얘기를 나누었습니다. 원장은 제가 일생 동안 어떻게 처신해야 하는지를 말씀해주셨으며, 특히 저에게 큰 은혜를 베풀어주신 친절한 분을 어떻게 대해야 하는지 말씀해주셨습니다. '아주 훌륭해지기' 위해 노력하지 않으면 안 된다는 것입니다.

그러나 존 스미스라고 불리기를 바라는 사람에게 어떻게 아주 훌륭하게 처신할 수 있을까요? 왜 선생님은 좀 더 개성 있는 이름을 고르지 않았을까요? 저는 마치 막대기씨나 빨래판씨 앞으로 편지를 쓰는 것 같은 기분이에요.

저는 이번 여름부터 선생님에 관해 아주 많이 생각해왔습니다. 이제까지 고아원에서 자란 저에게 누가 관심을 가져준다고 생각하니 가족을 되찾은 듯한 기분입니다. 이제 저에게도 저를 아껴줄 사람이 있다는 기분이 듭니다. 그것은 아주 흐뭇한 느낌입니다. 그러나 제가 선생님에 관해 생각하려고 해도 상상력이 작용할 소재가 없다는 말을 하지 않을 수 없군요. 제가 알고 있는 것은 단지 세 가지뿐입니다.

1. 선생님은 키가 크다.

2. 선생님은 부자다.

3. 선생님은 계집애를 싫어한다.

선생님을 '친애하는 소녀 혐오가씨'라고 부르면 어떨까 생각해봅니다. 그러나 그런 호칭은 저를 모욕하는 것이 될 것입니다. '부자씨'라고 부를까도 생각해봅니다. 그러나 그건 선생님에게는 돈만이 중요한 것처럼 들리므로 선생님을 모욕하는 것이 될 것입니다. 뿐만 아니라 돈이 많다는 것은 아주 피상적인 특징에 불과하며, 선생님이 평생 동안 부자라는 보장도 없습니다. 월 가(街)에서는 아주 영리한 사람들도 파산을 많이 하는 걸요.

그러나 선생님이 키가 크다는 것은 평생 변하지 않겠지요! 그래서 저는 선생님을 '키다리 아저씨'라고 부르기로 결정했습니다. 선생님 마음에 거슬리지 않기를 바랍니다. 이것은 우리 두 사람 사이에서만 사용하는 애칭이 될 것이므로 리펫 원장에게는 말하지 않기로 해요.

2분만 있으면 10시를 알리는 종이 울리게 됩니다. 이곳의 하루 생활은 종소리로 구분됩니다. 종소리가 식사해라, 자라, 공부해라 하고 알려주지요. 종소리는 아주 신납니다. 저는 종소리를 들을 때마다 소방 펌프를 끄는 말이 된 듯한 기분이 듭니다. 종소리가 울립니다. 불을 끄고 이제 자라고 합니다.

제가 얼마나 규칙을 잘 지키는지 아셨죠. 이것이 다 존 그리어 고아원에서 훈련받은 덕택입니다.

                              선생님을 지극히 존경하는 제루샤 애봇 올림

10월 1일

친애하는 키다리 아저씨께 —

저는 대학이 참 좋아요. 그리고 저를 대학에 보내주신 아저씨가 좋아요. 저는 너무나 너무나 행복해요. 매순간 너무나 흥분해서 잠도 오지 않을 정도예요. 아저씨는 이곳이 존 그리어 고아원과 얼마나 다른지 상상도 못할 거예요. 세상에 이런 곳이 있으리라고는 꿈에도 생각하지 못했어요. 저는 여자로 태어나지 못한 모든 남자들과 여자로 태어났으나 이곳에 올 수 없는 모든 여자들이 불쌍하게 생각돼요. 아저씨가 젊었을 때 다닌 대학도 틀림없이 이곳만큼 좋지는 못했을 거예요.

제 방은 탑의 위쪽에 있습니다. 이 탑은 새 부속병원을 짓기 전에 전염병 환자 병동으로 쓰던 곳입니다. 탑의 같은 층에는 세 명의 다른 여학생이 있습니다. 안경을 썼으며 늘 조금 더 조용히 해달라고 부탁하는 4학년생과 샐리 맥브라이드와 줄리아 루틀레즈 펜들턴이라는 신입생입니다. 샐리는 빨간 머리에 들창코인데 아주 다정해요. 줄리아는 뉴욕 명문가의 딸로 아직 저를 상대도 하지 않아요. 이들 신입생은 한 방을 쓰고 4학년생과 저는 독방을 가졌어요. 방 수가 매우 부족하여 신입생은 독방을 갖지 못하는 것이 보통인데 저는 부탁도 하지 않았는데 독방을 주는군요. 아마 학생과에서 좋은 가정에서 자라난 학생에게 저 같은 고아와 함께 방을 쓰라고 부탁하기가 어려웠던 모양이죠? 고아인 것이 유리할 때도 있군요!

제 방은 서북쪽 모퉁이에 있고 창문이 둘이나 있어 전망이 좋아요. 18년 동안 스무 명이 들끓는 방에서 살아왔는데 이제 혼자 있게 되니 살 것 같아요. 저는 난생처음 제루샤 애봇을 사귈 수 있게 되었어요. 저는 저 자신을 좋아하게 될 것 같아요. 아저씨도 그럴 거라고 생각지 않으세요?

화요일

곧 신입생 농구팀을 조직하는데 저도 뽑힐 것 같아요. 물론 저는 덩치는 작지만 아주 날쌔며 강단이 있고 힘이 셉니다. 다른 학생들이 껑충껑충 뛰는 동안 저는 그들의 발 밑으로 기어들어가 공을 잡는다니까요. 나뭇잎이 온통 빨갛고 노랗게 단풍이 들었고, 낙엽 태우는 냄새가 코를 찌르는 가을날 오후에 운동장에 나가 농구를 하는 것은 무척 즐겁습니다. 모두들 웃으며 외쳐댑니다. 이 여대생들은 제가 본 중에서 가장 행복한 소녀들이며 저는 그 중에서도 또한 가장 행복하답니다!

배우는 모든 것을 자세히 길게 쓰려고 했으나(리펫 원장은 배우는 것을 자세히 보고하라고 일렀습니다) 7교시 종이 막 울립니다. 우리는 10분 안에 운동복으로 갈아입고 운동장으로 나가야 합니다. 제가 농구 선수로 뽑히기를 원하시나요?

항상 아저씨의 벗인 제루샤 애봇 올림

추신(9시): 샐리 맥브라이드가 제 방문 안으로 머리를 들이밀고 이렇게 말했어요.

"난 아주 집 생각나서 죽겠어, 넌 안 그러니?"

저는 약간 웃음을 띠며 견딜 만하다고 대답했어요. 적어도 저는 향수병만은 완전히 면역되어 있어요! 저는 고아원이 그립다는 말은 한 번도 들어보지 못했어요. 혹시 그런 말을 들어본 적 있으세요?

10월 10일

친애하는 키다리 아저씨께 —

미켈란젤로에 관하여 들어본 적이 있으세요?

그는 중세 때 이탈리아에서 살았던 유명한 미술가입니다. 국문과 학생들은 모두 그를 알고 있었던 모양인데 제가 그를 대천사인 줄로 알고 말했다가 모든 학생들의 웃음거리가 되었답니다. 미켈란젤로[영어 발음은 약간 비슷하다]는 대천사(archangel)와 발음이 비슷하지 않아요? 대학에 와서 곤란한 것은 사람들이 내가 배우지 않은 많은 것을 내가 알고 있다고 여기는 것입니다. 때때로 매우 당황할 때도 있습니다. 이제는 다른 학생들이 제가 모르는 것에 관해 이야기하면 저는 그저 입을 다물고 있다가 나중에 백과사전을 찾아봅니다.

저는 개학 첫날 큰 실수를 저질렀습니다. 어떤 학생이 모리스 메테를링크〔Masterlinck : 1911년 노벨문학상을 수상한 벨기에의 시인이자 극작가. 대표작으로 《파랑새》, 《빈자의 보물》, 《지혜와 운명》이 있다〕라는 이름을 말하기에 제가 그것이 신입생 이름이냐고 물었던 것입니다. 이 웃음거리가 전교에 퍼졌어요. 그러나 어쨌든 저는 다른 학생들처럼 명랑해요. 아니 어떤 학생보다도 더 명랑할 거예요!

제 방을 어떻게 꾸몄는지 알고 싶지 않으세요? 갈색과 노란색이 잘 조화되어 있어요. 벽은 담황색인데 노란색의 무명 커튼과 방석, 마호가니 책상(3달러짜리 중고품), 등나무 의자, 가운데 잉크 얼룩이 있는 갈색 융단을 사다 놓았습니다. 얼룩이 있는 곳에다 의자를 놓았지요.

창문이 높아서 보통 의자에 앉아서는 밖을 내다볼 수 없어요. 그래서 서랍장 뒤에서 나사를 뽑아 거울을 떼어내고 서랍장 위를 천으로 덮은 후 창문 쪽으로 옮겨 놓았습니다. 그 위에 작은 의자를 놓으니까 밖을 내다보기에 아주 좋습니다. 서랍을 열어놓고 층계 삼아 올라갑니다. 안성맞춤이지요!

졸업반 학생들의 경매장에서 물건 고르는 것을 샐리 맥브라이드가 도와주었습니다. 샐리는 이제까지 일반 가정에서 자랐기 때문에 방 치장에 관해서 잘 알고 있더군요. 평생 동전 몇 닢밖에 가져보지 못했던 소녀가 진짜 5달러짜리 지폐로 물건을 사고 거스름돈을 받는 일은 얼마나 신이 나는 일인지 아저씨는 상상도 못하실 겁니다.

아저씨, 저는 아저씨가 용돈을 보내주신 데 대해 정말 감사합니다.

샐리는 이 세상에서 가장 재미있는 아이입니다. 반면에 줄리아 펜들턴은 정말 재미없는 애입니다. 학생과에서 이렇게 서로 성격이 반대되는 학생을 한 방에 집어넣다니 참 이상해요. 샐리는 모든 것, 낙제까지도 재미있다고 여기는 반면 줄리아는 모든 것에 싫증을 냅니다. 줄리아는 조금도 다정하지 않아요. 그애는 펜들턴 집안 사람이라는 사실만으로도 더 이상 시험을 치르지 않고 천당에 갈 수 있다고 생각하는 애예요. 줄리아와 저는 서로 적으로 태어난 셈이지요.

이제부터 제가 무엇을 배우고 있는지 말씀드리겠어요. 무척 기다리셨죠?

1. 라틴어 — 2차 포에니 전쟁. 한니발이 이끄는 카르타고 군사들은 어젯밤 트라시메누스 호(湖)에 진을 쳤습니다. 그들은 로마군을 기습하려고 매복하였는데 오늘 새벽 4시에 전투가 벌어졌습니다. 로마군이 후퇴를 했습니다.

2. 프랑스어 — 《삼총사》의 24쪽. 불규칙동사 제3변화.

3. 기하 — 원기둥을 끝내고 이제 원뿔을 배우고 있습니다.

4. 국어 — 서술 문체에 대해 배우고 있습니다. 저의 문체는 나날이 정확성과 간결성을 더해갑니다.

5. 생리학 — 소화기관까지 나갔습니다. 다음에는 쓸개와 취장을 공부할 차례입니다.

공부를 열심히 하고 있는 제루샤 애봇 올림

추신 : 아저씨는 술을 마시지 않는 분이기를 바랍니다. 술을 마시나요? 술은 간장에 아주 나쁘답니다.

수요일

친애하는 키다리 아저씨께 —

제 이름을 바꾸었어요. 학적부에는 '제루샤'라는 이름을 그대로 사용하지만 평상시에는 '주디'로 부르라고 했어요. 난생처음 가져보는 유일한 애칭을 손수 지어야 하다니 너무나 서글픈 마음이 들어요. 아저씨는 그렇게 생각하지 않으세요? 그러나 사실 주디라는 이름을 전적으로 저 혼자 작명한 것은 아니랍니다. 터놓고 이야기하기 전에 프레디 퍼킨즈라는 애가 저를 주디라고 불렀거든요.

리펫 원장이 아기들 이름을 지을 때 좀 더 머리를 썼더라면 얼마나 좋았겠어요. 리펫 원장은 전화번호부에서 이름을 막 갖다 붙였어요. 애봇이란 내 성은 그 첫장에 나옵니다. 제루샤라는 이름은 그녀가 어느 묘비에서 땄구요. 저는 이 이름을 늘 싫어했어요. 하지만 주디란 이름은 마음에 들어요. 제가 이런 이름을 갖다니 엉뚱하지요? 이 이름은 온 가족으로부터 귀여움을 받으며 아무 걱정 않고 구김살 없이 자라는 파란 눈의 상냥한 소녀나 가질 법한 이름이지요. 저는 그런 아이는 못 되지만, 그렇게 될 수 있다면 얼마나 멋있을까요? 제가 어떤 잘못을 저지른다 해도 사람들은 제가 집에서 어리광을 부렸던 탓이라고 비난하지는 않겠지요! 그러나 어리광을 부리는 척하는 것도 재미있을 거예요. 아저씨, 앞으로는 저를 주디라고 불러주세요.

재미나는 일을 더 알려드릴까요? 저는 가죽 장갑을 세 켤레 갖고 있어요. 크리스마스 트리에 걸려 있었던 가죽 벙어리 장갑을 가져본 적은 있지만 다섯 손가락이 달린 진짜 가죽 장갑은 난생처음이에요. 저는 시간만 있으면 장갑을 꺼내 끼어보곤 합니다. 교실까지 그걸 끼고 가고 싶지만 참고 있답니다.

(저녁 식사 종소리가 울립니다. 안녕히 계세요.)

금요일

아저씨, 어떻게 생각하세요? 작문 선생님은 저의 지난번 작문에 비상한 창작능력이 나타나 있다고 말씀하셨어요. 정말 그렇게 말씀하셨어요. 저는 선생님의 말을 그대로 옮기는 거예요. 18년간 고아원에서 자란 저에게는 이런 일이 불가능할 것 같죠? 존 그리어 고아원의 목적은 아흔일곱 명의 고아를 아흔일곱 쌍둥이로 만드는 것이니까요(이 점은 아저씨도 틀림없이 아실 것이고 또한 그것을 찬성하고 있겠지요).

제가 지금 과시하는 비상한 미술적 재능은 어려서 나무 문짝에 백묵으로 리펫 원장을 그릴 때부터 싹튼 것입니다.

제가 자라난 곳을 비판한다고 언짢게 생각하지 마세요. 만약 언짢게 여기시면 마음대로 조처할 수 있으시잖아요. 제가 너무 건방져지면 선생님은 언제든지 송금을 그만둘 수 있어요. 이렇게 말하는 것이 예의에 어긋나는 것인 줄 압니다만 저 같은 아이에게 예절을 기대하지는 마세요. 어차피 고아원은 숙녀를 양성하는 시설은 아니니까요.

아저씨, 대학 생활에서 힘든 것은 공부하는 것이 아니더군요. 노는 것이 힘듭니다. 저는 다른 학생들이 얘기하는 것 가운데 반은 무슨 말인지 알아듣지 못해요. 그들의 농담은 저만 빼고 모두 경험한 바 있는 그들의 과거와 연관된 거예요. 저는 마치 딴 세상 사람처럼 그 말을 알아들을 수 없어요. 참 비참한 느낌이 들었어요. 하기야 이런 비참한 느낌은 언제나 느껴오던 감정이지요. 고등학교 때 여학생들이 한데 몰려 서서 저를 쳐다보곤 했어요. 저는 이상하고, 그들과 달랐으니까요. 모두들 이것을 알고 있었어요. 저는 '존 그리어 고아원'이란 글자가 내 얼굴에 쓰여져 있는 것을 '느낄' 수 있었어요. 그런데 어떤 때는 동정심 있는 아이들이 다가와서 상냥하게 말을 걸지요. 저는 그 애들을 하나도 빼지 않고 다 미워했어요. 특히 동정심 있는 체하는 애들은 더 미웠어요.

이곳에는 제가 고아원에서 자랐다는 것을 아는 사람이 한 사람도 없어요. 저는 샐리 맥브라이드에게 어머니와 아버지는 돌아가셨고 한 친절한 나이 많은 분이 저의 학비를 보내준다고 말했지요. 사실 이 말은 틀린 데는 없는 말이잖아요. 아저씨, 제가 비겁하다고는 생각하지 말아주세요. 저는 평범한 소녀들처럼 되기를 갈망합니다만 제 어린 시절의 기억을 뒤덮고 있는 저 지긋지긋한 고아원이 그들과의 큰 차이점입니다. 만약 그런 것에 개의치 않고 그런 기억을 잊을 수 있다면 저도 다른 소녀들처럼 남이 부러워하는 대상이 될 수 있으리라 생각합니다. 저와 그들 사이에 실질적이고 근본적인 차이가 있다고는 생각하지 않습니다. 아저씨는 어떻게 생각하세요? 여하간 샐리 맥브라이드는 절 좋아합니다!

어떤 고아

뒷모습   앞모습

언제까지나 아저씨의 주디 애봇 올림

(그전 이름은 제루샤)

토요일 아침

이 편지를 다시 읽어보았더니 좀 상쾌하지 못한 기분이 드는군요. 실은 월요일까지 독특한 주제의 작문을 써야 하고, 기하 연습문제도 풀어야 하는데 저는 심한 콧물 감기에 걸렸어요.

일요일

어제 이 편지 부치는 것을 잊어버렸어요. 그래서 오늘 나를 격분시켰던 일을 여기에 추가해서 쓰겠습니다. 오늘 아침 주교가 설교를 했는데 글쎄 뭐라고 했는지 아세요?

"성경이 우리에게 준 가장 은혜로운 약속은 '가난한 자는 항상 너희와 함께 있느니라'(〈요한복음〉 12장 8절)라는 말씀입니다. 가난한 사람이 이 땅에 있는 것은 우리에게 자비심을 가지게 하기 위한 것입니다."

말하자면 가난뱅이는 유용한 가축이라는 식이더군요. 만약 제가 이렇게 성숙한 숙녀가 아니었다면 예배가 끝난 뒤 그 주교에게 쫓아가서 제 생각을 쏟아부었을 겁니다.

10월 25일

친애하는 키다리 아저씨께—

제가 농구부원으로 뽑혔어요. 농구 연습을 하다가 왼쪽 어깨에 멍이 든 것을 좀 보세요. 멍은 퍼런색에 오렌지색의 작은 줄이 섞인 적갈색이 섞여 있습니다. 줄리아도 농구부에 들어가려고 애썼는데 뽑히지 못했어요. 아이구, 고소해! 제가 얼마나 못된 계집애인지 아셨죠.

대학 생활은 날이 갈수록 더욱 즐겁습니다. 학생들, 선생님들, 강의실, 운동장 그리고 먹는 음식 등 모두가 마음에 들어요. 우리는 일주일에 두 번씩 아이스크림을 먹으며 옥수수죽 같은 건 절대로 먹지 않습니다.

아저씨는 저에게 한 달에 한 번씩 편지를 하라고 일렀지요? 그런데 저는 일주일이 멀다 하고 아저씨께 편지를 써대는군요! 저는 이 새로운 생활의 모든 것이 꿈만 같아 누구에게든 이야기하지 않을 수 없습니다. 그런데 제가 아는 사람이라고는 아저씨뿐인걸요. 그러니 제 수다를 용서하세요. 좀 있으면 흥분이 가라앉겠지요. 만약 제 편지가 재미없으시면 언제라도 쓰레기통에 던져 넣으시면 됩니다. 11월 중순까지는 편지 쓰지 않기로 약속하겠습니다.

매우 수다스러운 주디 애봇 올림

11월 15일

친애하는 키다리 아저씨께 —

제가 오늘 배운 것을 들어보세요.

각뿔대의 표면적은 밑변의 합에 한 사다리꼴의 높이를 곱한 것의 2분의 1입니다.

얼핏 들으면 사실이 아닌 것 같지만 사실이에요. 저는 이것을 증명할 수도 있습니다.

제가 아직까지 아저씨께 제 옷에 관해서는 얘기하지 않았죠. 여섯 벌이나 있는데, 모두 새 것이며 아름다워요. 모두 제게 맞는 것을 산 것이지 저보다 몸이 큰 사람이 입다가 물려준 것이 아니에요. 이것이 한 고아의 일생에서 얼마나 중요한 변화인지 이해 못하실 거예요. 이 옷들은 아저씨께서 주신 것입니다. 정말, 정말, 너무나 고마워요. 교육을 받는다는 것은 참 좋은 일입니다. 그러나 새 옷을 여섯 벌씩이나 갖게 되는 현기증 나는 경험에 비하면 아무것도 아니에요. 고아원 시찰 위원인 프리차드 양이 그 옷들을 골라주었습니다 — 리펫 원장이 옷을 고르지 않게 되어 천만다행이었습니다. 비단에 핑크색 모슬린을 걸쳐 입은 야회복(이걸 입으면 정말 예뻐 보여요), 감색 예배복, 동양식 가장자리 장식의 빨간색 가벼운 만찬복(이걸 입으면 집시처럼 보여요), 장밋빛 모슬린으로 된 것, 회색 외출복, 강의실에 들어갈 때 입는 평상복을 갖게 되었어요. 줄리아에게는 이 정도의 옷이 결코 많은 것이 아니지만 제루샤 애봇에게는 정말 많은 옷이에요.

아저씨는 이제 저를 아주 경박하고 형편없는 아이라고 생각하시겠죠? 그리고 계집애를 교육시킨다는 것은 헛되이 돈만 낭비하는 것이라고 생각하겠지요. 그렇죠?

그러나 아저씨, 아저씨도 평생 싸구려 줄무늬 무명옷만 입고 지냈다면 제 기분을 이해할 거예요. 고등학교에 다닐 때에 줄무늬의 무명옷보다 훨씬 더 비참한 걸 입었던 적도 있어요.

구제품 상자.

그 비참한 구제품을 입고 학교에 가기가 얼마나 지긋지긋하게 싫었던지 아저씨는 상상도 못할 거예요. 교실에서 저는 제가 입은 옷의 먼젓번 임자 옆에 앉게 된 걸 알았는데 그애는 다른 애들에게 소근거리면서 킥킥 웃어댔습니다. 원수가 입다 버린 옷을 입어야 하는 쓰라린 경험은 영혼 깊숙이 상처를 입힙니다. 앞으로 남은 일생 동안 명주 양말을 신게 된다 하더라도 이 상처는 지워질 것 같지 않습니다.

전쟁 상황 속보

전투현장 취재 뉴스.

11월 13일 목요일 이른 새벽, 한니발 장군이 이끄는 카르타고 군대는 로마군 전위 부대를 패주시키고 산을 넘어 카실리눔 평야로 진격했다. 가벼운 무장을 한 누미디아군〔Numidians : 북부 아프리카에 있었던 옛 왕국〕일개 보병단이 퀸투스 파비우스 막시무스〔Q. F. Maximus : 로마의 명장〕장군의 보병과 접전, 두 차례 대전투를 벌였으며 한 차례 소전투를 벌였다. 로마군은 큰 피해를 입고 후퇴했다.

아저씨의 종군 특파원이 됨을 영광스럽게 여깁니다.

J. 애봇 올림

추신 : 아저씨에게 회답을 기대해선 안 된다는 것을 알고 있습니다. 그리고 아저씨께 귀찮은 질문을 해서도 안 된다고 경고를 받았습니다. 그러나 아저씨, 이것 한 가지만 말씀해주세요. 아저씨는 아주 늙으셨나요? 아니면 조금 늙으셨나요? 또 완전히 대머리입니까? 아니면 조금 대머리입니까? 기하학의 정리처럼 아저씨를 추상적으로 생각하기는 무척 힘든 일이에요.

여자애를 싫어하지만 아주 건방진 한 소녀에게는 매우 너그러운 키 큰 부자가 있는데, 그분은 어떻게 생겼을까요?

회신 바람.

12월 19일

친애하는 키다리 아저씨께—

아저씨는 제 질문에 대답해주지 않는군요. 매우 중요한 건데…….

아저씨는 대머리입니까?

아저씨의 모습을—아주 멋지고 정확하게—그리려고 했는데, 아저씨의 머리 꼭대기에 이르자 저는 꼼짝못하게 되었어요. 저는 아저씨의 머리가 흰지, 검은지, 아니면 반백인지 또는 전연 머리가 없는지 알 수가 없군요.

여기 아저씨의 초상화가 있습니다. 그런데 문제는 머리를 어떻게 그려야 할까입니다.

아저씨의 눈 빛깔은 어떤 색으로 했는지 궁금하지 않으세요?

눈은 회색으로 했으며, 눈썹은 현관의 지붕처럼 툭 튀어나오게 했어요(소설에서는 짙은 눈썹이라고 하더군요). 입은 한일자로 쭉 뻗었는데, 양쪽 끝이 약간 처졌어요. 아, 저는 알아요! 아저씨는 성미가 까다로운 기운 좋은 노인이지요.

(예배당 종이 울립니다.)

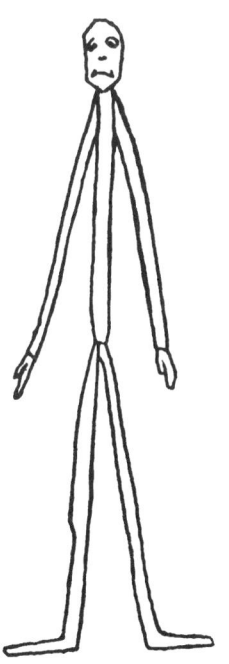

오후 9시 45분

저는 새로 한 가지 규칙을 세웠습니다. 아침에 아무리 많은 숙제가 밀리게 되더라도 밤에는 학교 공부를 하지 않기로 했답니다. 대신 교양 서적을 읽고 있습니다. 아저씨도 아시다시피 18년의 공백기를 가졌기 때문에 저는 이렇게 많은 책들을 읽지 않으면 안 됩니다. 아저씨는 제가 얼마나 무지한지 짐작도 못할 겁니다. 저도 이제 저의 무식의 심연을 느끼고 있습니다. 적당히 조화된 가족과 집, 그리고 친구와 서재를 갖고 있는 대부분의 소녀라면 당연히 알고 있는 것들을 저는 한 번도 들어본 적이 없답니다.

예를 들면 저는 《어미 거위》, 《데이비드 커퍼필드》, 《아이반호》, 《신데렐라》, 《푸른 수염》, 《로빈슨 크루소》, 《제인 에어》, 《이상한 나라의 앨리스》 또는 루드야드 키플링의 작품도 읽지 못했습니다. 헨리 8세가 한 번 이상 결혼한 사실과 셸리라는 시인도 모르고 있었습니다. 또한 사람의 조상이 원숭이라는 것과 '에덴 동산'이 아름다운 신화에 불과하다는 것도 몰랐습니다. 또한 R. L. S.가 로버트 루이스 스티븐슨의 약자라든가 조지 엘리엇이 여자라는 것도 몰랐습니다. 〈모나리자〉란 그림도 처음 보았으며 셜록 홈스라는 이름도 처음 들었어요(아저씨는 틀림없이 이 말을 믿지 않으려고 할 거예요).

물론 이제는 그런 것을 알게 되었으며 다른 것들도 많이 배웠습니다. 그러나 아직도 뒤따라가야 할 것이 얼마나 많은지 아저씨도 아실 거예요. 그런데 이것은 참 재미있어요! 저는 저녁이 오기를 기다렸다가, 저녁이 되면 문에 '면회 사절'이란 팻말을 붙여놓고 빨간 목욕 가운을 입고 털이 푹신한 슬리퍼를 신고 머리에 베기 위해 긴 의자에 방석을 있는 대로 쌓아놓고, 놋쇠로 만든 학생용 램프를 켜고 책을 읽습니다. 읽고 또 읽고. 책 한 권으로는 만족할 수도 없어요. 저는 동시에 네 권을 읽고 있어요. 지금도 테니슨의 시와 《허영의 장터》, 키플링의 《평원의 이야기》와—웃지 마세요—《작은 아씨들》을 동시에 읽고 있습니다. 《작은 아씨들》을 모르고 자란 학생은 우리 대학에서 저뿐이라는 것을 알았어요. 그러나 이 사실을 누구에게도 말하지는 않았어요(그렇게 되면 저를 이상한 애로 낙인 찍을 게 아니겠어요). 저는 그저 몰래 가서 지난 달 용돈 중에서 1달러 12센트를 주고 이 책을 샀습니다. 이젠 누가 소금에 절인 유자 얘기를 하면 그게 무슨 얘기인지 알게 될 거예요!

(10시 종이 울립니다. 이 편지는 여러 번 중단되는군요.)

토요일

삼가 아룁니다.

본인이 기하학 분야에서 새로운 탐험을 하고 있음을 삼가 보고드립니다. 지난 금요일에는 직육면체에 관한 학습을 종료하고 각뿔대 공부를 시작했습니다. 학문의 길은 험난하며 가파릅니다.

일요일

다음 주부터 크리스마스 방학이 시작되므로 짐들을 꾸리느라 야단들입니다. 복도가 어찌나 복잡한지 지나다니기 힘들 정도예요. 모두들 들떠서 법석을 피우고 있어 책이 손에 잡힐 리 없습니다. 저는 방학을 멋지게 보낼 계획이에요. 집이 텍사스라 기숙사에 그대로 남게 될 1학년생이 나 말고도 한 명 있는데, 그애와 함께 멀리까지 산책을 나가거나 얼음이 얼면 스케이트 타는 것을 배울 계획입니다. 그리고 읽어야 할 책이 산더미같이 쌓여 있으니 방학 3주 동안 마음껏 읽을 참입니다.

아저씨. 안녕히 계십시오. 아저씨도 저처럼 행복을 느끼기를 바랍니다.

주디 올림

추신 : 제 질문에 대답하는 것을 잊지 마세요. 편지를 쓰는 것이 귀찮다면 비서에게 다음과 같이 전보를 치라고 하세요.

스미스 씨는 완전 대머리임.

또는

스미스 씨는 대머리가 아님.

또는

스미스 씨는 백발임.

그리고 전보 요금 25센트는 보내주시는 제 용돈에서 빼주십시오.

1월까지 안녕 — 메리 크리스마스!

크리스마스 방학이 끝날 무렵

친애하는 키다리 아저씨께—

아저씨가 계신 곳에도 눈이 내리고 있나요? 이곳 탑에서 보이는 온 누리는 흰 눈에 덮여 있습니다. 그리고 지금도 팝콘만큼이나 큰 눈송이들이 펑펑 내리고 있습니다. 다 저녁 때가 되어 땅거미가 지고 있습니다. 해가(차가운 노란색) 좀 더 차갑게 보이는 자줏빛 언덕 뒤로 막 지고 있어요. 저는 아저씨한테 편지를 쓰기 위해 창 옆의 의자에 올라가 석양 빛을 이용하고 있습니다.

아저씨가 선물로 보내주신 금화 다섯 개를 받고 깜짝 놀랐습니다. 저는 크리스마스 선물을 받아본 적이 드물어요. 아저씨는 이미 저에게 많은 것을 주셨습니다. 아니 제가 가지고 있는 모든 것은 아저씨가 주셨는데 또 이렇게 선물을 주시다니. 받을 자격도 없는데. 그러나 보내주신 돈 잘 쓰겠습니다. 제가 그 돈으로 무엇을 샀는지 알고 싶으시지요?

1. 가죽 케이스에 든 은시계. 이것을 손목에 차고 수업 시간에 늦지 않으려고 합니다.

2. 매슈 아널드의 시집

3. 보온병

4. 보온 모포(제 방은 추워요.)

5. 노란 원고지 5백 장(저는 곧 문필 생활을 시작할 참이에요.)

6. 동의어 사전(작가가 되려면 풍부한 어휘를 구사해야 하니까요.)

7. (이 마지막 물건은 고백할 마음이 전혀 없지만 말씀드리겠어요.) 명주 양말 한 켤레

그러니 아저씨, 제가 숨기는 것이 있다고 생각하지는 마세요.

제가 명주 양말을 불쑥 사게 된 것은, 사실은 매우 하찮은 동기에서 비롯된 것입니다. 매일 밤 줄리아 펜들턴은 기하 공부를 하러 제 방에 와서는 긴 의자에 다리를 꼬고 앉아 명주 양말 자랑을 했답니다. 하지만 조금만 기다려보라죠. 방학이 끝나 그녀가 기숙사로 돌아오기만 하면 저도 명주 양말을 신고 그녀의 방에 가서 긴 의자에 앉을 참이에요. 아저씨, 제가 얼마나 한심한 계집애인지 이젠 아셨죠? 그러나 저는 적어도 정직합니다. 아저씨는 저의 고아원 기록을 보셔서 제가 흠이 없지 않다는 것을 이미 알고 계실 테죠, 그렇죠?

요약컨대(이 말은 작문 선생님이 말머리마다 쓰는 상투어입니다), 일곱 가지 선물을 주신 데 대해 '심심한' 사의를 표하는 바입니다. 저는 이 선물들을 캘리포니아에서 사는 우리 가족이 상자에 한데 모아 보내준 걸로 생각하고 있습니다. 시계는 아버지가, 모포는 어머니가, 보온병은 할머니가—할머니는 늘 제가 겨울철에 감기에 걸리지 않을까 걱정해주셨습니다—노란 원고지는 남동생 해리가 보낸 것입니다. 여동생 이사벨이 명주 양말을 보내주었고, 수잔 아주머니가 매슈 아널드의 시집을, 그리고 해리 아저씨(남동생 해리는 아저씨 이름을 땄습니다)가 동의어 사전을 선물한 것입니다. 아저씨는 초콜릿을 보내겠다고 했지만, 제가 사전을 보내달라고 우겼습니다.

아저씨는 저에 대해 가족 전체의 역할을 해주시는 것을 반대하지 않으시겠죠?

자, 이제 제가 방학을 어떻게 지냈는지 말씀드릴까요? 혹시 저의 공부 같은 것에만 관심이 있으십니까? '같은 것'이라는 말의 미묘한 뜻을 음미하세요. 이 어휘는 최근에 제가 배운 것입니다.

고향이 텍사스인 학생의 이름은 레오노라 펜턴이에요(제루샤라는 이름만치나 우습지요). 그렇죠? 저는 그애를 좋아해요. 그러나 샐리만큼 좋아하지는 않아요. 샐리처럼 좋은 사람은 또 없을 거예요—물론 아저씨는 예외로 하고요. 아저씨는 혼자서 저의 온 가족 역할을 하기 때문에 저는 늘 누구보다도 아저씨가 제일 좋아

요. 날씨가 좋은 날이면 날마다 레오노라와 저, 그리고 2학년생 두 명이 짧은 치마에 털 재킷을 입고 모자까지 쓰고서 시니[shinny : 하키와 비슷한 경기] 스틱으로 이것저것을 툭툭 때리면서 들을 걷고 근처를 샅샅이 돌아다니곤 했습니다. 한 번은 4마일을 걸어서 읍에 나가 여대생들이 출입하는 식당에 들렀습니다. 새우튀김(35센트) 그리고 디저트로는 메밀로 만든 팬케이크에 단풍 당밀을 친 것(15센트)을 먹었습니다. 영양도 많고 값도 저렴했습니다.

참 신났어요! 특히 저는 더 즐거웠어요. 왜냐하면 세상이 고아원과는 너무나 엄청나게 달랐기 때문입니다. 저는 학교를 떠날 때마다 탈옥수 같은 기분을 느꼈어요. 저는 생각하기도 전에 제가 경험하는 기분을 말하기 시작했어요. 저는 비밀이 누설되려던 마지막 찰나에 정신을 수습합니다. 제가 아는 모든 것을 다른 사람에게 이야기하지 않아야 된다는 것은 퍽 참기 힘든 일이에요. 저는 천성이 비밀 따위는 가질 수 없는 사람인가 봐요. 만약 저에게 얘기를 할 아저씨마저 없다면 저는 폭발해버릴 거예요.

지난 금요일 저녁에는 당밀캔디 파티가 있었어요. 퍼거슨관의 관리인 아주머니가 방학 동안에 남아 있는 다른 기숙사의 학생들을 위해 베푼 것입니다. 남은 학생은 모두 스물두 명이었는데 1학년, 2학년, 3학년, 4학년 학생이 모두 사이좋게 협조했습니다. 부엌은 어마어마하게 큰데 놋냄비와 주전자가 돌벽에 열을 지어 걸려 있습니다. 그 중에서 가장 작은 냄비가 세탁용 솥만큼이나 큽니다. 퍼거슨관에는 4백 명의 학생이 기숙하고 있습니다. 흰 모자에 흰 앞치마를 두른 주방장이 스물두 벌의 흰 모자와 흰 앞치마를 가지고 나왔습니다―그렇게 많은 모자와 앞치마를 어디서 가져왔는지 상상도 못하겠더군요―우리는 모두 요리사로 변했습니다.

캔디 맛이 그렇게 훌륭하지는 못했지만 참 즐거웠어요. 드디어 캔디가 완성되자 우리들이며, 부엌이며, 문 손잡이가 모두 온통 끈적끈적했습니다. 우리는 흰 모자에 앞치마를 한 차림 그대로 각각 큰 포크나 스푼, 프라이팬을 들고 일렬로 서서 빈 복도를 지나 교수 휴게실까지 갔습니다. 휴게실에는 대여섯 분의 교수님과 강사님들이 조용히 저녁 시간을 보내고 있었어요. 우리는 교가를 부른 후 캔디를 대접했습니다. 선생님들은 정중하게 받았으나 미심쩍은 표정들이었습니다. 선생님들은 끈적끈적한 당밀캔디를 빠느라고 말을 못했어요. 아저씨, 제 교육이 얼마나 진보했는지 보셨지요?

아저씨는 제게 작가보다 화가의 소질이 더 많다고 생각하지 않으세요?

이틀만 있으면 방학이 끝나고 다시 학생들이 돌아오겠지요. 저는 그들이 보고 싶어요. 제가 있는 탑은 좀 적적해요. 4백 명이 쓰던 건물에 아홉 명이 남게 되니 우리는 마음대로 떠들며 돌아다녀요.

벌써 열한 장이나 썼군요—아저씨, 무척 피곤하시겠어요! 오늘 편지에서는 간단히 감사의 인사만을 전하려고 했는데 쓰기 시작하니까 펜이 저절로 막 나가는군요.

그러면 이만 쓰겠어요. 안녕히 계세요. 그리고 저를 생각해주셔서 감사합니다. 지평선 위로 조그만 검은 구름이 닥치는 것 외에는 완전무결하게 행복합니다. 2월에 시험이 있어요.

아저씨께 사랑을 보내면서 주디 올림

추신 : 제가 아저씨께 사랑을 보낸다는 것은 온당치 않을까요? 만약 온당치 않다면 용서해주세요. 그러나 저는 누군가를 사랑하지 않을 수 없고 제가 선택할 수 있는 사람은 아저씨와 리펫 원장뿐이에요. 그러니까 아저씨가 참아주세요. 리펫 원장을 사랑할 수는 없으니까요.

저녁에

키다리 아저씨께—

이 대학에서 공부를 어떻게 시키는지 보세요! 방학이 있었다는 것조차 잊어버릴 정도예요. 지난 나흘 동안에 저는 무려 57개의 불규칙동사를 머리 속에 넣었답니다. 시험이 끝날 때까지라도 그것들이 제발 머리 속에 그대로 남아 있기를 바랄 뿐입니다.

어떤 여학생들은 교과서를 다 배우면 그것을 팔아버려요. 그러나 저는 제 교과서를 잘 보관할 작정이에요. 졸업한 후에도 제가 공부한 책들을 책장에 일렬로 보관해둔다면 그때그때 알아볼 필요가 생기면 조금도 망설이지 않고 그것을 찾아볼 수 있게 될 거예요. 머리 속에 넣으려고 애쓰는 것보다 이렇게 지식을 보관해두었다가 꺼내 쓰는 것이 훨씬 더 쉽고 더 정확한 겁니다.

오늘 저녁 줄리아 펜들턴이 저를 예방하기 위해 제 방에 들어와 꼬박 한 시간을 머물다 갔어요. 그애는 집안 얘기부터 시작했는데, 아무리 해도 그 화제를 돌리게 할 수가 없었어요. 줄리아는 우리 어머니의 처녀 때 이름을 알고 싶어 했어요. 고아원 출신에게 이렇게 무례한 질문이 어디 있겠어요? 저는 모른다고 말할 용기가 없어서 비참하게도 제일 먼저 제 머리에 떠오르는 이름을 주워대는 수밖에 없었어요. 그게 몽고메리란 이름이지요. 그러자 줄리아는 매사추세츠의 몽고메리 집안인지 버지니아의 몽고메리 집안인지를 다시 묻지 않겠어요?

줄리아의 어머니는 러더퍼드 집안의 딸이래요. 그녀의 조상은 방주를 타고 바다를 건너왔고, 헨리 8세와 사돈간이었대요. 줄리아의 아버지 쪽 조상은 아담보다 더 오래되었다나요. 그애네 족보의 제일 꼭대기에는 아주 비단같이 고운 머리와 특별히 긴 꼬리를 가진 우수한 원숭이 종자가 있을 테죠.

오늘 밤 근사하고, 유쾌하고, 재미있는 편지를 쓰려고 했는데 그만 너무 졸리고, 그리고 너무 겁에 질려버려서 또 재미없는 편지를 썼군요. 이 1학년생의 신세는 행복한 것이 아니랍니다.

시험을 앞둔 주디 애봇 올림

일요일

가장 사랑하는 키다리 아저씨께 ―

아주 엄청난 소식을 알려드리게 되었습니다. 그러나 그 무서운 소식은 조금 있다 말씀드리고 먼저 아저씨의 기분을 좋게 해드리려 노력하겠어요.

제루샤 애봇이 작가로서의 첫걸음을 내디뎠습니다. 〈나의 탑에서〉라는 시가 2월호 교지에 실렸습니다. 그것도 제일 첫 페이지에 실렸어요. 이것은 1학년 학생에게는 정말 큰 영광입니다. 어젯밤 우리 작문 선생님이 채플에서 나오는 저를 부르더니 제 시가 아주 잘된 작품이라고 말씀하시며, 여섯 번째 행이 너무 긴 것이

흠이라고 지적했습니다. 아저씨께서 제 시를 읽어보고 싶으시다면 교지를 한 권 보내드리겠습니다.

뭐, 또 재미있는 게 없을까―아 참, 그렇지! 저는 스케이트를 배우고 있어요. 이제 혼자서도 꽤 폼나게 탈 수 있습니다. 또 체육관 지붕에서 밧줄을 타고 미끄러져 내려오는 법도 배웠어요. 그리고 장대높이뛰기를 3피트 6인치나 뛰어요—곧 4피트까지 도전해 볼 거예요.

오늘 아침에 앨라배마에서 온 목사님에게서 아주 고무적인 설교를 들었습니다. 목사님이 인용한 성경 구절은 '비판을 받지 아니하려거든 비판하지 말라'(《마태복음》 7장 1절)였어요. 설교 내용은 다른 사람의 잘못을 용서해주어야 하며, 남을 혹독하게 심판함으로써 기를 죽여서는 안 된다는 것이었습니다. 저는 아저씨께서도 이 설교를 들으시면 얼마나 좋을까 하고 생각합니다.

올 겨울 중 가장 햇빛이 찬란하게 비쳐, 눈이 부신 겨울 오후입니다. 전나무에서 고드름이 떨어지고 온 세상이 저만 제외하고 무거운 눈에 눌려 있는 듯합니다.

그런데 저는 무거운 슬픔에 눌려 있어요.

주디, 이제 용기를 내어서 그 소식을 알려드려라!—아무래도 말씀을 드려야 해.

아저씨는 '틀림없이' 지금 기분이 좋겠지요? 저는 수학과 라틴어 산문에 낙제를 했습니다. 저는 지금 이 과목들에 대해 개인지도를 받고 있는 중입니다. 다음 달에 재시험을 치르게 됩니다. 아저씨를 실망시켰다면 죄송해요. 그러나 그렇지 않으시다면 저는 조금도 개의치 않아요. 왜냐하면 저는 교과 과목 이외의 것을 엄청나게 많이 공부했거든요. 저는 그동안 열일곱 편의 소설과 많은 시를 읽었답니다.《허영의 장터》,《리터드 페버럴》,《이상한 나라의 앨리스》등과 같이 정말 꼭 필요한 것들을 읽었어요. 또한 에머슨의《수필》, 로카르트의《스콧 전기》, 기번의《로마제국 흥망사》1권, 벤베누토 첼리니의《자서전》등등—첼리니는 재미있는 사람이라고 생각하지 않으세요? 그는 아침 먹기 전에 산책을 하곤 했는데 우연히 사람을 죽이게 되었지요.

아저씨, 그러니까 제가 라틴어에만 매달린 것보다 훨씬 공부를 많이 한 것을 인정하시겠어요? 아저씨, 다신 과목 낙제를 하지 않겠다고 약속한다면 이번 한 번만은 용서해주시겠죠?

참회복을 입고 회개하는 주디 올림

친애하는 키다리 아저씨께—

오늘 밤 좀 적적하기 때문에 이달 중순의 편지에 추가 편지를 씁니다. 밖은 사나운 폭풍으로 인해 탑에 눈보라가 모질게 몰아칩니다. 대학 구내의 모든 불이 꺼졌습니다. 하지만 저는 블랙커피를 마신 덕분에 잠이 오지 않습니다.

오늘 저녁에는 제가 샐리, 줄리아 그리고 레오노라 펜튼을 불러 파티를 베풀었어요. 정어리튀김, 구운 머핀, 샐러드, 퍼지[fudge: 설탕, 버터, 초콜릿 등으로 만든 연한 캔디. 흔히 가정에서 만든다], 커피 등을 대접했죠. 파티가 끝난 후 줄리아는 즐거웠다고 말했을 뿐이지만, 샐리는 그릇 씻는 것을 도와주었어요.

이렇게 잠이 오지 않는 밤에 라틴어나 공부해두면 좋으련만, 저는 라틴어에는 그다지 취미가 없어요. 우리는 '리비'[Livy : 기원전 59년에서 기원후 17년까지 살았던 로마의 역사가]와 '노년론(老年論)'을 끝내고 이제 '우정론(友情論)'에 들어갔습니다.

아저씨, 아주 잠깐만 우리 할머니가 되어주세요. 샐리는 할머니가 한 분, 줄리아와 레오노라는 두 분씩이나 계시대요. 그래서 오늘 저녁 서로들 할머니 비교를 하느라고 야단이었습니다. 저는 지금 그저 할머니가 계셨으면 하는 마음뿐이에요. 할머니란 손자들에게 존경을 받는 몸이지요. 그래서 아저씨가 개의치 않는다면, 아저씨를 저의 할머니로 모실까 하는데……. 어제 시내에 나갔다가 연보라색 리본에다 클루니 레이스를 단 아주 예쁜 모자를 보았어요. 할머니의 여든세 살 생신 때 그 모자를 선물할게요.

! ! ! ! ! ! ! ! ! ! ! !

교회당 탑의 시계가 12시를 치는 소리입니다. 이제 저도 졸리는 듯해요.

할머니, 안녕히 주무세요.

저는 할머니를 무척 사랑해요.

주디 올림

3월 보름날 〔원문은 일부를 라틴어로 썼다. 3월 15일은 카이사르의 암살일로 예언되어 불길한 날로 여겨진다〕

D. L. L. 께—

저는 라틴어 산문 작문을 공부하고 있는 중입니다. 저는 이제까지 그것을 공부해왔습니다. 앞으로도 계속해서 그것을 공부하고 있을 것입니다. 저는 미래 어느 때까지 그것을 공부하고 있게 될 것입니다. 다음 주 화요일 7교시에 재시험을 쳐야 하는데, 통과하지 못하면 파멸입니다. 그러니 다음번 제 편지는 갖출 것을 다 갖추고 행복하게 속박에서 해방된 상태에서 쓰거나 아니면 깨어진 파편뿐인 상태에서 쓰게 될 겁니다.

시험이 끝나면 정중한 편지를 올리겠습니다. 오늘 밤은 탈격 독립구와 긴급한 약속이 있어서 이만 실례합니다.

몹시 바쁜 J. A. 올림

3월 26일

D. L. L. 스미스 선생님 귀하—

선생님은 저의 질문에 한 번도 대답하지 않았습니다. 선생님은 제가 하는 어떠한 일에도 조금도 관심을 가지시지 않습니다. 선생님은 저 진저리나는 이사들 중에서도 제일 진저리나는 이사인가 보군요. 저를 교육시키는 이유도 선생님이 제게 어떤 관심이 있어서가 아니라 단지 의무감 때문이지요?

저는 선생님에 관해 아무것도 모릅니다. 심지어 선생님의 성함도 모릅니다. 어떤 '물건'을 상대로 편지를 쓴다는 것은 매우 지겨운 일입니다. 선생님은 제 편지를 읽지도 않고 쓰레기통에 던져 넣으시는 것이 분명합니다. 저는 금후로부터는 공부에 관해서만 쓰겠습니다.

라틴어와 기하의 재시험을 지난 주에 치렀습니다. 두 과목 모두 합격하여 속박에서 해방되었습니다.

제루샤 애봇 올림

4월 2일

친애하는 키다리 아저씨께 ―

저는 나쁜 애예요. 지난 주에 보낸 몹쓸 편지는 깨끗이 잊어주세요. 제가 그 편지를 쓰던 날 밤은 죽고 싶도록 고독하고 비참한 기분이었습니다. 게다가 목까지 아팠습니다. 그땐 몰랐습니다만, 편도선염과 유행성 감기를 앓고 있었으며, 여러 가지 합병증까지 겹쳐 있었습니다. 저는 지금 부속병원에 있습니다. 입원한 지 엿새째가 되는데, 오늘에서나 겨우 일어나 앉아 글쓰는 것을 허락받았습니다. 수간호사는 '굉장히 뻐기는' 여자예요. 저는 이렇게 아픈 와중에도 한시도 그 편지에 관해 걱정하지 않은 적이 없었습니다. 아저씨가 저를 용서해주기 전에는 병이 낫지 않을 거예요.

보고 계신 그림이 제 모습입니다. 머리에 붕대를 감았는데 그 끝이 토끼 귀처럼 보입니다.

그림을 보니 불쌍하다는 마음이 드시나요? 저는 지금 설하선(舌下腺)이 부어 있습니다. 1년 동안이나 생리학을 공부했지만 설하선이란 말은 못 들어봤어요. 그러니 얼마나 쓸모없는 교육입니까!

이제 더는 쓸 수 없습니다. 너무 오래 앉아 있으면 현기증이 입니다. 건방지고 배은망덕한 행동을 용서해주시기 바랍니다. 저는 버릇없이 자랐답니다.

사랑을 보내면서 주디 애봇 올림

4월 4일 병원에서

사랑하는 키다리 아저씨께 ―

어제 저녁 막 어두워질 무렵 제가 침대에서 일어나 앉아 비오는 창밖을 내다보면서 커다란 병원에서의 생활에 아주 싫증을 느끼고 있을 때, 간호사가 기다란 흰 상자를 들고 제 앞에 나타났습니다. 그 상자는 '가장 아름다운' 분홍색 장미꽃으로 꽉 차 있었습니다. 더욱 저를 기쁘게 한 것은 그 안에 있는 아주 정중한 글이 쓰여진 카드였습니다. 글씨는 좀 이상하게 위로 올라가는 경향이 있었지만 개성이 뚜렷해 보이는 필체였어요. 아저씨, 정말 고마워요. 아저씨가 보내주신 꽃은 제가 난생처음으로 받은 진정한, 참된 선물이었습니다. 제가 얼마나 어린애 같은지! 그것을 보고 너무 기뻐서 엎드려 마구 울었어요.

아저씨가 제 편지를 읽으신다는 것을 이제 확인했으니까 저는 편지를 더욱 재미있게 쓸 참입니다. 그러면 그것들은 빨간 테이프로 묶어 금고에 고이 간직할 가치가 있게 되겠지요. 다만 그 무시무시한 편지는 꺼내어 불살라주세요. 아저씨가 그것을 죄다 읽었다는 생각만 해도 몸서리쳐져요.

병이 심하고 침울하고 비참한 기분 속에 있던 1학년생을 유쾌하게 만들어주셔서 감사합니다. 아저씨께서는 사랑하는 가족과 친구가 많이 있을 터이므로 고독하다는 것이 무엇인지 모르실 줄 압니다. 그러나 저는 고독이라는 것을 알고 있습니다.

안녕히 계십시오. 절대로 다시는 심술을 부리지 않겠다고 약속합니다. 왜냐하면 이제 아저씨가 진짜 사람이라는 것을 알았기 때문입니다. 또한 더 이상 질문을 하여 아저씨를 귀찮게 하지 않을 것을 약속합니다.

아저씨는 여전히 소녀를 싫어하세요?

영원히 변치 않는 주디 올림

월요일 8교시

친애하는 키다리 아저씨께 ―

아저씨가 두꺼비를 깔고 앉았던 이사가 아니기를 바랍니다.

두꺼비가 빵 하고 터졌다고 하던데, 아마도 그 이사는 뚱뚱한 분이었겠죠.

아저씨는 존 그리어 고아원의 세탁장 창문가에 창살 뚜껑으로 덮여 있는 작은 구멍들이 있는 것을 기억하시겠지요? 매년 봄이 되어 두꺼비들이 나오면 그것들을 잡아서 그 창문 옆 구멍 속에 집어 넣어두곤 했지요. 그런데 가끔 두꺼비들이 그곳에서 세탁장 안으로 뛰어들어가서, 세탁하는 날 아주 재미있는 소동을 일으키곤 했어요. 우리는 이런 장난 때문에 모진 벌도 받았구요. 그러나 아무리 야단을 쳐도 두꺼비잡이를 그만둘 수는 없었어요.

그런데 어느 날―참, 아저씨도 아시는 일이니까 간단히 말씀드리죠―아주 크고 뚱뚱하게 살이 찐 두꺼비 한 마리가 이사님들의 방에 들어가 어떤 가죽 의자 위에 올라가 앉았지요. 그러다가 그날 오후 이사회의 때 그만―아저씨도 그때 그곳에 있었으니까 이 얘기는 여기서 그만하지요.

상당한 기간이 지난 지금 냉정히 돌이켜보니까 벌을 받아 마땅했으며―저의 기억이 정확하다면―그 벌은 적절한 것이었습니다.

제가 왜 이렇게 추억을 더듬는지 모르겠습니다. 다만 봄이 되어 두꺼비가 다시 나타나면 옛날의 수집 본능이 발동합니다만 지금 저를 두꺼비잡이에 나서지 않게 하는 유일한 것은 그것을 금지하는 규칙이 없다는 것입니다.

목요일 예배가 끝난 뒤에

아저씨, 제가 제일 좋아하는 책이 어떤 것인지 아세요? 지금 이 순간에 제일 좋아하는 책 말입니다. 저는 사흘에 한 권씩 책을 보니까요. 바로《폭풍의 언덕》입니다. 에밀리 브론테가 이 작품을 쓴 것은 아주 어려서였으며 그녀는 그때까지 헤이워드 교회 구내를 벗어나본 적이 없었대요. 그리고 그녀는 평생 동안 남자를 몰랐지요. 그런데 어떻게 히스클리프라는 남자를 '상상해낼 수' 있었을까요?

저라도 그런 남자를 상상해낼 수는 없었을 거예요. 저는 아주 어리고 존 그리어 고아원 밖으로 나가본 적도 없었으니까요. 그러니 저도 출세할 기회는 있는 것이겠죠. 때때로 제가 천재가 못 된다는 무서운 생각이 엄습해옵니다. 제가 위대한 작가가 못 된다면 아저씨는 크게 실망하실 테지요? 봄이 되어 만물이 싹트고 푸르름과 아름다움으로 충만하게 되면, 저는 봄을 즐기고 싶어져요. 들에 나가면 신기한 것들이 얼마나 많은지 몰라요. 책을 쓰는 것보다 책의 내용대로 사는 것이 훨씬 즐겁지요.

에그머니 ! ! ! ! ! ! !

이렇게 비명을 질렀더니 샐리와 줄리아 그리고 4학년 학생이 달려왔어요. 그림과 같은 지네 때문에 비명을 지르게 된 겁니다. 그림보다 훨씬 더 징그러웠어요. 제가 마지막 문장을 끝내고 다음 문장을 생각하고 있는데 이놈이 천장에서 떨어져 제 옆에 툭 하고 착륙했어요. 저는 엉겁결에 이놈을 피하려고 하다가 티 테이블 위의 컵 두 개를 떨어뜨렸어요. 샐리가 제 헤어브러시의 등으로 그놈을 때렸어요. 다시는 그 헤어브러시를 쓸 마음이 안 생겨요. 앞 머리는 죽었으나 뒤쪽 50개 다리는 살아남아 옷장 밑으로 도망가 버렸어요.

이 기숙사는 지은 지가 오래되고 벽에 담쟁이가 덮여 있어 지네가 많습니다. 그놈들은 아주 징그러워요. 저는 차라리 침대 밑에서 지네 대신 호랑이가 나오는 것이 낫다고 생각해요.

금요일 오후 9시 반

오늘은 사고 연발이군요! 아침에는 기상 종소리를 듣지 못해 허둥지둥 옷을 입느라고 구두 끈을 끊어뜨리고 칼라 단추는 옷 속으로 떨어뜨렸어요. 아침 식사 시간에도 늦었고 첫 수업시간에도 늦었습니다. 게다가 만년필이 새는데 압지 가져가는 것을 잊어버렸어요. 기하 시간에는 선생님과 제가 삼각함수 문제로 약간의 의견 충돌을 일으켰어요. 나중에 자세히 보다 보니 선생님 말씀이

옳았다는 걸 알겠더라구요. 점심에는 양고기 스튜와 파이플랜트〔pie-plant : 신맛이 나는 잎줄기를 설탕을 넣고 쪄서 파이로 먹는다〕가 나왔어요. 저는 이것들을 아주 싫어해요. 이것들은 고아원 냄새를 풍기기 때문이죠. 내게 오는 우편물이라고는 청구서뿐이에요(하기야 우리 가족은 편지를 쓰지 않는 그런 가족이니까 저한테 올 편지는 없겠지만 말이에요). 오후의 국어 시간에는 예상 외로 감상문 쓰기를 했어요. 다음과 같은 시에 대한 감상문이에요.

난 다른 것은 아무것도 요구하지 않았고,
다른 것은 아무것도 거절당하지 않았다.
그 대가로 생명을 제공하니
힘센 그 상인이 미소를 짓는다.
브라질이라고? 그는 내 쪽을 보지도 않고,
단추를 만지작거렸다.

그러나 마님, 우리가 오늘 보여줄 수 있는 것은
아무것도 없단 말입니까?

이것이 시랍니다. 저는 작자가 누구인지도 모르겠고 무슨 뜻인지도 모르겠어요. 우리가 교실에 들어가니까 이것이 칠판에 적혀 있었어요. 우리보고 이것을 읽고 감상문을 쓰라는 거였어요. 저는 첫째 연을 읽었을 때 무슨 뜻인지 알 것 같았어요―힘센 상인은 덕행에 대해서 축복을 나누어주는 신(神)을 나타낸다고 생각했는데―둘째 연에서 그가 단추를 만지작거린다고 하니 이것은 신을 모독하는 행위가 될 것이므로 저는 급히 그 생각을 바꾸었어요. 다른 학생들도 진땀을 뺐어요. 우리는 아무 생각도 떠오르지 않아 45분 동안 종이에 아무것도 쓰지 못하고 있었어요. 교육을 받는다는 것이 이렇게 힘든 과정일 줄은 몰랐어요!

오늘 이것으로 끝난 것이 아닙니다. 그 다음에 더 나쁜 일이 일어났습니다.

비 때문에 골프를 칠 수가 없게 되어 대신 우리는 체육관으로 갔습니다. 제 옆에 있던 학생이 체조 곤봉으로 제 팔꿈치를 쳤습니다. 기숙사에 돌아오니까 제 감색 봄옷을 넣은 상자가 도착해 있었어요. 그런데 스커트가 너무 좁아 그것을 입고 앉을 수가 없었어요. 또 금요일은 청소하는 날인데, 청소부가 내 책상 위의 종이들을 뒤죽박죽으로 어질러놓았어요. 게다가 저녁에 나온 디저트(바닐라를 친 밀크에 젤라틴을 섞은 것)는 형편없었어요. 채플 시간에는 여자다운 여자에 대해 설교를 듣느라고 보통 때보다 20분이나 더 오래 갇혀 있었습니다. 그러고 나서 겨우 안도의 한숨을 쉬면서 《귀부인의 초상화》를 막 읽으려고 하는데, 푸르퉁퉁하게 생기고 늘 엉간이 짓만 하는 애컬리라는 계집애가 들어와서 월요일 라틴어 수업이 69절부터 시작하는지 70절부터 시작하는지를 묻더니 한 시간이나 앉아 있다가 조금 전에 나갔어요. 그애 이름이 A로 시작하기 때문에 라틴어 시간에 제 옆에 앉습니다(리펫 원장이 제 성을 Z로 시작하는 자브라스키로 지어주었다면 얼마나 좋았겠어요).

아저씨, 이렇게 기분 나쁜 일들이 연속적으로 일어났다는 얘기를 들어본 적이 있습니까? 인격이 요구되는 것은 인생에서 큰 난관에 부딪쳤을 때뿐만이 아니에요. 누구든지 위기를 당하면 분발할 수 있으며 커다란 비극에는 용기를 가지고 대적할 수 있으나 일상의 사소한 예기치 않은 사고들을 웃음으로 맞으려면—정말 쾌활한 '기분'이 필요하다고 생각합니다.

이러한 성격이 제가 지금 수련을 통해 쌓으려는 것입니다. 저는 인생이란 가능한 한 능숙하게 또한 정정당당하게 싸워야 하는 게임에 불과하다고 생각하려 합니다. 만약 진다 해도 어깨를 으쓱해 보이고 웃어 보일 것입니다—물론 이겨도 그렇게 할 테지만요.

하여간 저는 운동가와 같은 사람이 되겠습니다. 아저씨, 줄리아가 명주 양말을 신었다고, 지네가 벽에서 떨어졌다고 제가 불평하는 일은 다시 없을 것입니다. 절대 불평은 하지 않겠습니다.

영원히 아저씨의 벗인 주디 올림

5월 27일

키다리 아저씨 귀하―

리펫 원장에게서 편지를 받았습니다. 리펫 원장은 저더러 품행을 방정히 하고 공부도 열심히 하라고 일렀습니다. 그녀는 제가 이번 여름방학 때 갈 곳이 없을 테니까 고아원으로 돌아와서 대학이 개학할 때까지 그곳에서 일을 하면서 숙식을 제공받으라고 말합니다.

저는 존 그리어 고아원은 죽어도 싫습니다.

저는 그곳으로 가느니 차라리 죽겠습니다.

제루샤 애봇 올림

친애하는 키다리 아저씨께―

아저씨는 쾌남아십니다. 〔이 편지는 프랑스어를 섞어서 썼다〕

농장에 갈 일을 생각하니 무척이나 행복합니다. 왜냐하면 저는 농장이라는 데를 한 번도 가본 적이 없을 뿐만 아니라 존 그리어 고아원에 돌아가서 여름 내내 그릇이나 닦는 것은 죽어도 싫으니까요. 제가 고아원에 다시 가게 되면 무서운 일이 일어날 거예요. 옛날의 겸허한 마음은 이제 사라졌으므로 어쩌다 감정이 폭발하여 고아원의 컵이나 접시를 모두 부숴버릴까 두렵기 때문입니다.

이런 종이에 너무 간단한 편지를 써서 죄송합니다. 지금은 프랑스어 시간이어서 더 이상 소식을 전할 수 없습니다. 교수가 이제 곧 이름을 불러 무엇을 시킬지도 모르니까요.

아! 드디어 제 이름을 부릅니다!

안녕히 계십시오.

아저씨를 대단히 사랑합니다.

주디 올림

5월 30일

친애하는 키다리 아저씨께 —

아저씨는 우리 대학에 와보셨습니까?(이건 그냥 물어본 거예요. 신경쓰실 필요는 없어요.) 5월이 되면 이곳은 마치 천국 같아요. 모든 관목들이 꽃을 피우고 큰 나무들은 아름다운 신록으로 옷을 갈아입고, 심지어 늙은 소나무조차 새롭고 싱싱합니다. 풀밭에는 노란 민들레가 여기저기 피어 있고 청색, 흰색, 분홍색의 옷을 입은 수백 명의 여학생들이 여기저기 흩어져 있습니다. 방학이 곧 시작되므로 모든 학생들은 즐겁고 걱정이 없습니다. 방학을 생각하니 시험도 걱정이 되지 않습니다.

이러한 마음이 우리가 갖고 싶은 행복한 마음이 아닐까요? 아, 그리고 아저씨, 저는 그 중에서도 누구보다도 더 행복해요!

왜냐하면 저는 이제 더는 고아원에 있지도 않으며 더는 누구의 식모도, 타이피스트도, 회계원도 아니니까요(사실 아저씨가 아니었더라면 저는 이런 것들이 되어 있을 거예요).

지난날의 모든 잘못을 사과합니다. 늘 리펫 원장에게 건방졌던 것을 사과합니다. 프레디 퍼킨즈의 따귀를 때린 것을 사과합니다. 설탕 그릇에 소금을 넣은 것을 사과합니다. 이사님들 등뒤에서 얼굴을 찡그렸던 것을 사과합니다.

저는 이제 더없이 행복하므로 누구에게나 상냥하고 친절하며 좋은 일을 하겠습니다. 그리고 이번 여름방학에는 작품을 많이 많이 써서 위대한 작가가 되겠어요. 이 얼마나 의기양양한 기분입니까! 참, 그리고 아름다운 성격을 기를 작정입니다! 제 성격은 엄동설한에는 시들지만 따스한 햇살만 비치면 금세 자랍니다.

이것은 모든 사람에게 마찬가지입니다. 역경과 슬픔 그리고 실망이 도덕적 정신력을 발전시켜준다는 이론에 저는 찬성하지 않습니다. 행복한 사람이 남에게 친절을 베풀 수 있는 것입니다. 저는 염세주의자를 믿지 않습니다(염세주의자란 말은 참 멋진 말이지요. 배운 지 얼마 안 되는 말이에요). 혹여라도 아저씨가 염세주의자는 아니시겠지요?

참, 제가 학교에 대한 설명으로 편지를 시작했지요. 저는 아저씨가 잠깐이라도 이곳을 방문하시기를 원합니다. 오시면 제가 아저씨를 여기저기 안내하면서 "저쪽이 도서관입니다. 아저씨,

이곳은 가스실입니다. 아저씨, 왼편에 있는 고딕 건물은 체육관이며 그 옆에 있는 튜도르 로마네스크식 건물이 새로 지은 부속병원입니다" 하고 안내해드릴 수 있게 될 텐데요.

저는 사람들을 안내하는 일을 썩 잘해요. 저는 고아원에서 내내 안내를 해왔으며 여기서도 오늘 하루 종일 안내를 했어요. 열심히 했어요.

그리고 또 한 남자를 안내했어요!

이것은 참 굉장한 경험이었어요. 저는 남자와 말을 해본 적도 없었거든요(가끔 이사님들과는 얘기한 적이 있지만 그건 계산에 넣지 않고요). 아저씨, 용서하세요. 제가 이사님들을 욕하는 것은 아저씨의 기분을 상하게 하기 위한 것은 아니에요. 저는 아저씨가 정말 이사 중의 한 사람이라고 생각하지 않는 걸요. 아저씨는 그저 우연히 이사님이 되신 거겠죠. 소위 이사라는 사람들은 뚱뚱하

고 으쓱대며 인정이 많은 체하지요. 이사들은 애들의 머리를 쓰다듬어주며 금시곗줄을 달고 있지요.

이 그림은 꼭 6월의 빈대같이 생겼지요. 하지만 이것은 아저씨를 제외한 다른 이사님들을 그린 그림인 걸요.

그러면 이야기를 다시 시작하지요. 저는 이제까지 그 남자와 함께 걷고 이야기하고 차를 마셨습니다. 그분은 아주 훌륭한 분인데, 줄리아 집안의 저비스 펜들턴 씨입니다. 짧게 말하면(길게라고 해야겠군요. 그분도 아저씨만큼이나 키가 크니까요) 줄리아의 아저씨입니다. 읍에 볼일이 있어 왔다가 조카를 보려고 우리 대학에 잠깐 들르신 거예요. 그분은 줄리아 아버지의 막내 동생인데, 줄리아는 그분을 그렇게 친숙하게 알지는 못하나 봐요. 그분은 줄리아를 어린애일 때 잠깐 보고 마음에 들지 않는다고 그 이후에는 다시 거들떠보지 않았나 봐요.

그분은 응접실에서 모자, 지팡이, 장갑을 옆에 놓고 앉아 있었는데, 아주 어울려 보였어요. 줄리아와 샐리는 7교시 수업이 있어서 시간을 낼 수 없었어요. 그래서 줄리아는 제 방으로 달려와 그분을 안내하며 교내를 두루 구경시켜드리고 나서 7교시 수업이 끝날 때 자기한테 와달라고 애걸했어요. 저는 펜들턴 집안 사람은 별로 관심이 없기 때문에 그저 마지못해서 응낙했어요.

그러나 대해보니까 아주 상냥한 분이더군요. 게다가 정말 순수한 인간이었어요. 전혀 펜들턴 집안 사람이 아니었어요. 참 재미있었어요. 그래서 저는 아저씨가 한 분 계셨으면 하는 생각을 하게 되었어요. 아저씨를 진짜 우리 아저씨라 생각해도 괜찮겠지요? 아저씨가 할머니보다 더 좋으리라고 생각합니다.

아저씨, 펜들턴 씨는 20년 젊은 키다리 아저씨를 연상시켜주었어요. 우리는 서로 만나지 않았지만, 저는 아저씨를 친숙하게 잘 알고 있지요!

그분은 키가 크고 말랐는데, 거무스름한 얼굴에 주름이 많았어요. 그런데 입 끝에 조금 주름을 지게 하면서 묘하게 살짝 웃어요. 그리고 그분은 초면인데도 곧 오래된 친구처럼 느껴지게 해요. 그분은 아주 사귀기가 좋아요.

우리는 학교의 중앙 정원에서 운동장까지 두루 걸어다녔는데, 그분이 좀 피곤하니까 차나 마시자고 말했어요. 그분은 소나무 사이를 잠깐 걸어가면 되는—학교 바로 밖에 있는—대학 식당에 가자고 제의했어요. 제가 줄리아와 샐리 있는 데로 돌아가야 한다고 말하니까 그분은 조카들에게 홍차를 너무 많이 마시게 하고 싶지 않다고 했어요. 홍차를 많이 마시면 조카들이 신경질적이 된다나요. 그래서 우리는 살짝 가서 발코니의 작고 예쁜 테이블에 자리를 잡고 홍차, 머핀, 마멀레이드 그리고 아이스크림과 케이크를 먹었어요. 식당은 마침 손님이 없었어요. 월말이 되니 용돈이 떨어져 올 수 없는 학생들이 많았기 때문이죠.

우리는 정말 즐겁게 지냈어요! 그러나 그분은 돌아오자마자 기차를 놓치지 않으려고 급히 달려가야 했습니다. 그래서 줄리아를 그저 얼핏 만나보고 떠났어요. 줄리아는 아저씨를 모시고 학교 밖으로 나갔다고 화가 이만저만 난 게 아니었습니다. 그분은 아주 돈이 많은 데다가 조카들에게 인기 있는 아저씨인가 봐요. 그분이 부자라니 다행이에요. 식당에서 먹은 것들이 1인분에 60센트짜리인 걸요.

오늘 아침(월요일이 되었습니다) 그분에게서 줄리아, 샐리 그리고 저에게 보내는 초콜릿 세 상자가 속달편에 왔어요. 아저씨, 이 일을 어떻게 생각하세요? 제가 남자한테 초콜릿을 선물받다니!

저는 이제 고아가 아니라 처녀라는 느낌을 갖기 시작했어요.

저는 아저씨가 언제 한번 오셔서 홍차를 마시면서 제 마음에 드는 분인지를 보여주셨으면 얼마나 좋을까 하고 생각합니다. 그러나 아저씨가 제 마음에 안 든다면 무서운 일이 아닐까요? 하지만 저는 아저씨가 꼭 제 마음에 들 거라는 걸 알고 있어요.

그러면, 자! 아저씨에게 경의를 표하겠습니다.

"저는 결코 아저씨를 잊지 않겠어요."

주디 올림

추신 : 아침에 일어나 거울을 보니까 전에 없었던 완전히 새로운 보조개가 생겨 있어요. 참 이상한 일이에요. 아저씨는 이 보조개가 어디에서 나왔다고 생각하세요?

6월 9일

친애하는 키다리 아저씨께—

정말 즐거운 날이에요! 저는 지금 막 마지막 시험을 끝냈어요. 마지막 과목은 생리학이었어요. 그러면 이제······.

석 달 동안 농장에 간다!

저는 농장이 어떤 곳인지 모릅니다. 저는 아직까지 농장이라는 데를 가보지 못했으니까요(차창을 통해 본 것 외에는). 농장이라는 것을 밖에서도 본 적이 없어요. 그러나 저는 농장을 좋아하게 될 것 같아요. 그리고 자유로움을 마음껏 즐길 거예요.

저는 아직도 존 그리어 고아원에서 나왔다는 사실에 익숙치 못해요. 고아원을 생각할 때마다 무서워서 등골이 오싹합니다. 저는 리펫 원장이 제 등을 잡으려고 팔을 뻗은 채 뒤따라오지 않나 하고 어깨 너머로 보면서 더 빨리 뛰지 않으면 안 되겠다고 생각합니다.

제가 이번 여름에는 아무에게도 마음 쓰지 않아도 되겠죠? 아저씨도 그렇게 생각하지 않으세요?

아저씨의 명목상의 권위는 제게 조금도 부담이 되지 않아요. 아저씨가 저를 귀찮게 하기에는 너무 멀리 떨어져 계시니까요. 저에 관한 한 리펫 원장은 영원히 죽은 거예요. 셈플 집안 또한 저의 정신 생활을 감시할 이유는 없겠죠. 그래요, 확실히 그럴 이유는 없어요. 저는 이제 완전히 어른이 된 걸요. 만세!

짐을 꾸리기 위해 이만 편지를 줄여야겠습니다. 짐은 트렁크 한 개, 홍차 주전자와 접시, 그리고 방석과 책을 넣은 상자 세 개입니다.

항상 아저씨의 벗인 주디 올림

추신 : 여기 생리학 시험문제를 동봉합니다. 과연 아저씨는 이 문제를 풀 수 있을까요?

토요일 밤 (록 윌로우 농장에서)

사랑하는 키다리 아저씨께 ―

저는 지금 막 도착하여 짐도 풀지 않았으나 농장이 얼마나 좋은 곳인가를 아저씨께 알리는 일 또한 늦출 수가 없군요. 이곳은 정말 '천국'입니다! 이렇게 좋은 곳이 또 어디 있겠어요.

집은 그림과 같이 네모납니다. 그리고 '오래된' 집이에요. 백 년 이상 되었나 봐요. 이 집엔 제가 그릴 수 없는 쪽으로 베란다가 나 있고 앞에 아담한 현관이 있어요. 그림은 정말 잘 그리지 못했지만 새털 총채처럼 그린 것은 단풍나무이고 찻길 양옆에 있는 가시가 많이 달린 것은 산들거리는 소나무와 솔송나무입니다. 이 집은 언덕 꼭대기에 있어 몇 마일의 푸른 초원과 멀리 언덕들의 능선까지 보입니다.

이것이 코네티컷 주 지형의 특색입니다. 언덕들이 물결과 같이 굽이쳐 나아가고 있습니다. 그런데 록 윌로우 농장이 바로 한 물결의 꼭대기에 자리잡고 있는 것입니다. 전에 길 건너에는 창고들이 있어 전망을 가렸는데, 고맙게도 하늘에서 번갯불이 떨어져 태워버렸대요.

이 농장에 있는 사람은 셈플 내외와 일하는 처녀 한 명과 일꾼 두 명이에요. 일꾼들은 부엌에서 식사를 하며 셈플 내외와 주디는 식당에서 식사를 해요. 우리는 저녁으로 햄, 계란, 비스켓, 꿀, 젤리 케이크, 파이, 피클, 치즈를 먹고 홍차까지 마셨으며 저녁을 먹는 동안 무척 많은 얘기를 했어요. 저는 이제까지 이렇게 사람들을 웃겨본 적이 없어요. 제가 말하는 것이 모두 우스운가 봐요. 그건 아마 제가 시골에 와본 적이 전혀 없고 제 질문이 어처구니없는 무지를 드러냈기 때문일 거예요.

십자표를 한 방은 살인 사건이 일어난 장소가 아니라 제가 쓸 방입니다. 제 방은 크고 네모진 빈 방인데 오래된 멋진 가구와 막대기로 받쳐놔야 하는 창문들이 있고, 가장자리에 금박으로 장식된 녹색 차일이 있습니다. 그런데 이 금박은 손으로 만지면 떨어집니다. 그리고 아주 큰 네모진 마호가니 책상이 있습니다. 저는 이 책상 위에 팔꿈치를 올려놓고 소설을 쓰면서 여름을 보낼 참이에요.

아저씨, 저는 아주 들떠 있어요! 사방을 돌아보고 싶어 내일까지 기다리지 못하겠어요. 지금은 저녁 8시 30분이지만 촛불을 끄고 잠을 청해봐야겠어요. 이곳에서는 기상 시간이 5시래요. 아저씨는 이런 재미를 아실지 모르겠어요. 지금의 제가 정말 주디인지 의심될 정도예요. 아저씨와 주님께서 저에게 분에 넘치는 은혜를 베푸셨어요. 저는 꼭 아주 훌륭한 사람이 되어 보답하지 않으면 안 되겠어요. 저는 지금 훌륭한 사람이 되어가고 있어요. 두고 보세요.

안녕히 주무세요.

주디 올림

추신 : 개구리들과 작은 돼지들의 울음 소리를 들려드리고 싶습니다. 그리고 저 초생달도 보여드릴 수 있으면 좋을 텐데요! 달이 저의 오른쪽 어깨 너머로 보입니다.

7월 12일 (록 윌로우에서)

친애하는 키다리 아저씨께 —

아저씨의 비서가 어떻게 록 윌로우 농장을 알고 있죠?(이것은 수사학적 질문이 아닙니다. 저는 몹시 궁금해요) 좀 들어보세요. 저비스 펜들턴 씨가 과거에 이 농장을 갖고 있었는데 지금은 늙은 셈플 부인에게 주었지요. 아저씨, 이렇게 재미있는 우연의 일치가 또 있겠어요? 셈플 부인은 그분을 '저비 도련님'이라고 부르면서 그분이 어렸을 때 무척 귀엽게 굴었다고 회상해요. 부인은 그분의 어릴 적 머리카락을 상자에 넣어 보관하고 있어요. 저도 그 머리카락을 보았는데 빨갛더군요—적어도 불그스름은 해요.

제가 저비 도련님을 안다고 하니까 셈플 부인은 저에게 아주 극진히 대해주었어요. 펜들턴 집안 사람을 안다는 게 록 윌로우 농장에서는 최고의 소개장인가 봐요. 펜들턴 집안 사람 중에서도 저비 도련님이 최고 인기예요. 줄리아는 전혀 인기가 없어요. 고소하지요.

점점 농장에서 재미나는 일이 늘어납니다. 어제는 건초 마차를 타보았습니다. 이곳에는 세 마리의 큰 돼지와 아홉 마리의 새끼 돼지가 있는데, 정말 잘 먹어요. 그놈들은 '정말' 돼지들이에요! 이곳에서는 또한 아주 많은 작은 병아리, 오리, 칠면조, 꿩을 키우고 있습니다. 아저씨는 농장에서 살 수 있는데도 불구하고 도시에서 살고 있는 것을 보니 정신 이상인 것이 분명하군요.

계란을 찾아 모으는 것이 제 일과입니다. 어제 저는 검정 암탉이 숨어들어간 둥지로 가기 위해 광의 대들보를 기어가다가 그만 떨어졌어요. 셈플 부인은 제 무릎이 까진 것을 보시더니 개암나무 껍질로 싸매주면서 "저런! 저런! 저비 도련님도 바로 그 대들보에서 떨어져, 바로 그쪽 무릎이 까진 것이 어제 같은데" 하고 연신 중얼거렸습니다.

이곳 주변의 경치는 기막히게 아름답습니다. 계곡과 강이 하나씩 있고 나무가 울창한 언덕들이 여러 개 있으며, 그리고 멀리에는 입에 넣으면 곧 녹아버릴 듯한 청색의 높은 산이 있습니다.

우리는 일주일에 두 번씩 크림을 휘저어 버터를 만듭니다. 크림은 돌로 지은 저장실에 보관합니다. 이 저장실 밑으로는 냇물이 흐르고 있어 서늘하지요. 이 지방의 일부 농부들은 버터를 만들 때 분리기를 사용하지만 록 윌로우 농장에서는 그런 신식 기계에는 별로 관심을 갖지 않습니다. 함지에서 크림을 분리하기는 좀 힘이 들지만 그런대로 아주 잘 됩니다. 송아지가 여섯 마리 있는데 저는 모두에게 각각의 이름을 지어주었어요.

1. 실비아―숲에서 태어났어요.

2. 레스비아―카툴루스[Catullus : 로마 시대의 시인]의 시에 나오는 레스비아 섬의 이름을 땄어요.

3. 샐리

4. 줄리아―얼룩이 있고 아무런 특징이 없어서요.

5. 주디―제 이름을 땄어요.

6. 키다리 아저씨―아저씨는 개의치 않겠죠? 그놈은 순종 저지 종인데 성품이 착해요. 그놈은 위의 그림처럼 생겼어요. 이름을 얼마나 잘 지었는지 인정하시겠지요?

불후의 명작을 집필해야 하는데 아직 시작도 못하고 있어요. 농사 일이 무척 바빠서요.

항상 아저씨의 벗인 주디 올림

추신 1 — 저는 도너츠 만드는 법을 배웠어요.

추신 2 — 만약 병아리를 기를 생각이 있으시면 버프오핑톤스를 기르세요. 솜털이 전혀 없어요.

추신 3 — 제가 어제 만든 싱싱하고 맛있는 버터를 한 덩어리 보낼 수 있다면 좋을 텐데요. 저는 이제 버터를 아주 잘 만든답니다.

추신 4 — 아래 그림은 미래에 대문호가 될 애봇 양이 소를 몰고 집으로 가는 모습입니다.

일요일

친애하는 키다리 아저씨께 —

참 이상한 일이 생겼어요. 어제 오후 아저씨께 보낼 편지를 쓰기 시작했는데 기껏 쓴 것이 '친애하는 키다리 아저씨께'라는 앞머리뿐이었어요. 그것을 썼을 때 저는 저녁 식사 때 먹을 검은 딸기를 따겠다고 약속한 일을 떠올리며 편지 쓰던 것을 책상 위에 그대로 둔 채 밖으로 나갔어요. 그리고 오늘 다시 책상에 가봤더니 편지지 한가운데 무엇이 있었는지 아세요? 진짜 '장님거미' 한 마리가 있었어요!

저는 그놈의 한 다리를 아주 조심스럽게 잡아 창문 밖으로 떨어뜨렸어요. 저는 장님거미를 절대 해치지 않겠어요. 그놈들은 늘 아저씨를 연상시켜주니까요.

우리는 마차를 타고 읍내의 교회에 갔어요. 이 작고 아담한 교회는 뾰족한 탑이 있는 흰 건물로 앞면에는 세 개의 도러아식 기둥이 서 있습니다(어쩜 이오니아식인지도 모르겠어요. 저는 이것들이 자주 혼돈되네요).

모든 사람들이 졸리는 듯이 종려나무 잎사귀 부채를 부치고 있었고 목사의 설교가 졸음을 몰고 왔으며 설교 소리 이외에 들리는 유일한 소리는 밖에 있는 나무에서 우는 매미 소리뿐이었어요. 일어서서 찬송가를 부를 때에야 겨우 잠에서 깼는데 설교를 듣지 않은 것이 아주 미안했어요. 다음과 같은 찬송가를 선택한 사람의 심리를 알면 좋겠어요. 이런 가사예요.

세상의 즐거움과 오락을 버리고
나와 함께 천국의 기쁨을 즐기자.
그렇지 않으면 친구여 영원히 이별하세.
이제 네가 지옥에 떨어져도 나는 내버려두겠네.

셈플 내외와 종교 문제를 토의하는 것은 안전하지 않다는 것을 알았어요. 그분들의 신(그들의 옛 청교도 선조로부터 그대로 물려받은 것이죠)은 편협하며, 불합리하며, 공평치 않으며, 천하며, 복수심이 강하며, 고집불통입니다. 제가 아무한테서도 어떤 신도 상속받지 않은 것은 천만다행이에요! 저는 하느님을 제 뜻대로 만들 수 있어요. 저의 하느님은 친절하며, 동정심이 많으며, 상상력이 풍부하며 너그러우며, 이해심이 깊어요. 게다가 또 유머 감각도 있어요. 저는 셈플 내외를 무척 좋아해요. 그분들은 이론보다는 실천이 훨씬 훌륭해요. 그분들의 하느님보다도 훌륭해요. 제가 그분들에게 이런 말을 했더니 그분들은 아주 난처해했어요. 제가 신을 모독한다고 생각하는 거예요. 그러나 저는 그분들이 신을 모독하고 있다고 생각하는 걸요! 우리는 신학 얘기는 더 하지 않았어요. 지금은 일요일 오후입니다.

자주색 넥타이를 매고 좀 밝은 노란색의 사슴 가죽 장갑을 끼고 면도를 하여 얼굴이 빨개진 아마사이〔일꾼〕가 지금 막 캐리〔심부름하는 처녀〕와 함께 마차를 타고 나갔어요. 캐리는 빨간 장미로 가장자리를 장식한 커다란 모자를 쓰고 남색 모슬린 옷을 입고 머리는 아주 곱슬거리게 컬로 말았습니다. 아마사이는 오전 내내 마차를 닦고 있었으며 캐리는 점심을 준비해야 한다는 핑계로 교회에 가지 않았으나 실은 모슬린 옷을 다리느라고 그랬습니다.

2분 후 이 편지를 다 쓰면 자리에 앉아서 다락에서 발견한 책을 읽을 참이에요. 제목은 《추적》인데, 첫 페이지에는 작은 소년이 쓴 다음과 같은 재미있는 글이 적혀 있어요.

저비스 펜들턴
만약 이 책이 길을 잃어 헤매면

따귀를 갈겨 집으로 보내주시오.

저비 도련님은 열한 살 적에 병을 앓은 후 이곳에서 여름을 보낸 적이 있대요. 그때 《추적》을 놓고 간 거죠. 그런데 어지간히 꼼꼼히 읽었던 모양이에요. 그의 때묻은 작은 손자국이 여기저기 있어요! 또한 다락에는 물레방아와 풍차, 그리고 활과 화살이 있더군요. 셈플 부인이 하도 쉬지 않고 저비 도련님의 얘기를 하는 통에 저는 저비 도련님이 어른이 되어 실크 해트를 쓰고 지팡이를 들고 다닌다는 생각은 들지 않고, 지금도 머리가 헝클어진 귀여운 개구쟁이로 있다고 착각돼요. 저는 그애가 지금도 층계를 시끄럽게 뛰어오르내리며 망사문을 열어놓고 과자를 달라고 졸라대는 것같이 느껴져요(제가 알고 있는 셈플 부인이라면, 과자를 잘 주었을 거예요). 저비 도련님은 모험심이 많았으며, 용감하고 진실했을 거라고 생각돼요. 저는 그분이 펜들턴 집안 사람이라고 생각하기가 싫어요. 그분은 더 나은 분이에요.

내일부터 귀리를 탈곡한대요. 탈곡기가 오고 인부도 세 사람 더 왔습니다.

버터컵(뿔 하나를 가지고 있고 얼룩 점이 있는 암소로 레스비아의 어미)이 몹쓸 짓을 했다는 나쁜 소식을 전하게 되어 괴롭습니다. 그 암소는 금요일 저녁 과수원으로 들어가 사과를 따먹었어요. 그런데 어찌나 많이 따먹었는지 이틀 동안 완전히 취해버렸어요! 이 이야기는 사실입니다. 이런 고약한 짓이 어디 또 있어요!

아저씨를 사랑하는 고아 주디 올림

추신 : 1장에서는 인디언들이 나왔고, 2장에서는 산적들이 나왔어요. 3장에서는 무엇이 나올까요? '붉은 매가 20피트 뛰어오르더니 땅에 떨어졌다' 이것이 책머리 삽화의 제목입니다. '주디와 저비' 재미있겠지요?

9월 15일

친애하는 아저씨께 —

어제 코너즈에 있는 잡화점에서 밀가루 다는 저울로 몸무게

를 달아보았더니 9파운드나 늘었어요. 록 윌로우 농장을 휴양소로 추천하고 싶습니다.

주디 올림

9월 25일

친애하는 키다리 아저씨께 —

제가 2학년이 되었어요! 지난 금요일에 돌아왔어요. 록 윌로우 농장을 떠나기는 아쉬웠으나 학교에 다시 오니 기쁘군요. 낯익은 곳에 다시 돌아온다는 것은 즐거운 일이에요. 저는 대학 생활에서 이제 불편한 것이 하나도 없으며 모든 것을 제 마음대로 해요. 사실 이제 온 세상이 내 집같이 느껴져요. 제가 묵인을 받아 겨우 이 세상에 끼어든 것이 아니라 이 세상의 한가족으로 태어났다는 느낌이 들기 시작했어요.

제가 말하려는 뜻을 아저씨는 조금이라도 이해하시기가 힘들 거예요. 이사님이 될 정도로 지체 높으신 분은 고아처럼 미천한 사람의 느낌을 이해할 수 없을 거예요.

아저씨, 이제 다른 얘기를 들어보세요. 저와 함께 방을 쓰게 된 학생이 누구인지 아세요? 샐리 맥브라이드와 줄리아 펜들턴이에요. 이건 사실이에요. 우리는 공부방 하나와 작은 침실 세 개를 써요. 그림을 보세요.

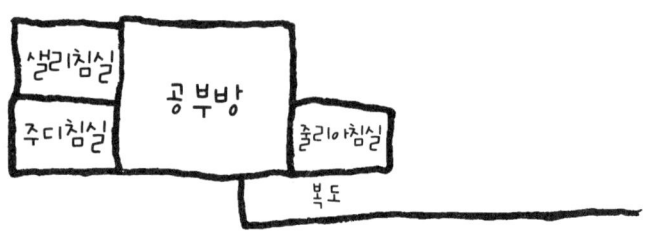

지난 봄 샐리와 저는 방을 함께 쓰기로 결정했는데 줄리아가 샐리와 함께 있기로 마음먹었대요. 참 이상하지요. 샐리와 줄리아는 조금도 비슷한 데가 없어요. 펜들턴 집안 사람들은 천성이 보수적이어서 변화를 적대시해요(이 말 멋있지요). 하여간 우리는 함께 지내게 되었어요. 얼마 전까지도 존 그리어 고아원의 고아였던 제루샤 애봇이 펜들턴 집안 사람과 한방을 쓰다니 참 놀랍죠. 우리 나라는 민주주의 국가입니다.

샐리가 학급대표에 출마했습니다. 정세가 바뀌지 않는 한 그 애가 당선될 거예요. 권모술수에 가득 찬 그런 분위기예요. 여대생들이 얼마나 능란한 정치가인지 아저씨에게 보여주고 싶어요. 우리 여성들이 권리를 갖게 되면 남성들은 권리를 지키기 위해 노력하지 않으면 안 될 거예요. 선거는 토요일에 하는데, 누가 당선이 되든지 저녁에 횃불 행진을 하게 됩니다.

저는 화학을 배우기 시작했어요. 화학은 정말 생소한 과목입니다. 전에는 이런 과목이 있는 줄도 몰랐어요. 분자니 원자니 하는 것들을 배워요. 하여튼 다음 달에 가서는 더 잘 설명할 수 있게 될 거예요.

또한 변론법과 논리학도 배우기 시작했습니다.

세계사도요.

윌리엄 셰익스피어의 희곡들.

그리고 프랑스어.

이렇게 몇 년만 공부하면 저는 아주 박식해질 거예요.

저는 프랑스어보다 경제학을 택했어야 하는데, 그렇게 할 용기가 나지 않았어요. 왜냐하면 제가 프랑스어를 다시 선택하지 않으면 교수님이 학점을 주지 않을 테니까요. 사실 저는 6월 시험을 겨우 통과했는 걸요. 그러나 저는 고등학교에서 배운 것들이 매우 적절하지 못했다고 말하고 싶어요.

영어만큼 빨리 프랑스어로 지껄여대는 학생이 한 명 있어요. 그 학생은 어려서 부모님을 따라 외국에 갔었는데, 그곳에서 3년 간 수녀원 학교를 다녔대요. 아저씨도 그 학생이 다른 학생과 비교하여 프랑스어를 잘하리라는 것을 짐작할 수 있을 거예요—불규칙동사 따위는 장난처럼 외운다니까요. 우리 부모들이 어린 저를 고아원에 버리는 대신 프랑스 수녀원에 던져놓았으면 얼마나 좋았겠어요. 아니에요, 그것도 싫어요! 그렇게 되었더라면 저는 아저씨를 만나지 못하게 되었을 테니까요. 저는 프랑스어를 잘하는 것보다 아저씨를 알게 된 것이 더 좋아요.

아저씨, 이만 줄일게요. 저는 해리어트 마르틴한테 가서 화학 문제를 함께 푼 뒤 넌지시 학급대표 선출에 대한 의견을 조금 전해주려고 해요.

정치를 하는 아저씨의 벗 J. 애봇 올림

10월 17일

친애하는 키다리 아저씨께—

체육관의 수영장에 레몬 젤리를 가득 채웠다면 수영하려는 사람이 뜨겠습니까, 아니면 가라앉겠습니까?

디저트로 레몬 젤리를 먹다가 이런 문제가 튀어나왔어요. 우리는 반 시간 동안 열을 내어 토론했으나 아직 해결되지 않았습니다. 샐리는 레몬 젤리 속에서도 수영을 할 수 있다고 생각하나 저는 세상에서 제일 수영을 잘하는 사람이라도 가라앉을 것이라고 확신해요. 레몬 젤리 속에서 빠져 죽는다면 우습겠지요?

또 다른 두 가지 문제가 식탁에서 논의되었습니다.

첫째, 팔각형으로 된 집의 방은 어떤 형태가 될까요? 어떤 학생들은 사각형이 될 것이라고 생각했으나 저는 파이 조각처럼 될 거라고 생각해요. 아저씨도 그렇게 생각하지 않으세요?

둘째, 거울로 만든 아주 커다란 속이 빈 구(球)가 있는데 그 속에 사람이 앉아 있다고 가정해보세요. 얼굴의 영상이 어디서 끝나고 등의 영상이 어디서부터 시작될까요? 이 문제를 생각하면 생각할수록 점점 더 수수께끼만 같아요. 아저씨는 이제 우리가 여가 시간에도 얼마나 깊은 철학적 사색만 하는지 눈치채셨을 거예요.

제가 선거에 관해서 말씀드린 적이 있지요. 3주일 전에 선거를 했어요. 그런데 이곳에서는 시간이 너무 빨리 흘러 3주일 전이라고 하면 고대 역사처럼 느껴질 정도입니다. 샐리가 당선되었습

 니다. 우리는 '맥브라이드 만세'라고 쓴 플래카드를 들고 14인조 밴드를 앞장 세우고 횃불 행진을 했어요(악기는 하모니카 세 개와 빗 열한 개였습니다).

 258호실의 우리들은 요새 제법 거물이 되었습니다. 줄리아와 저는 커다란 후광 속에 들어갔습니다. 학급대표와 같은 방에 산다는 것으로 인해 대인 관계에서 큰 부담을 느끼게 되는군요.

 친애하는 아저씨, 안녕히 주무세요.
 문안드림과 동시에 심심한 경의를 표합니다.

주디 올림

11월 12일

친애하는 키다리 아저씨께 —

어제 우리는 1학년 팀과 농구 시합을 해서 이겼습니다. 물론 이겨서 기뻤지만, 3학년 팀을 꺾을 수 있었다면 얼마나 좋았겠습니까! 우리가 3학년한테 이겼다면 온통 시퍼렇게 멍들어 개암나무 뜸질이나 하며 일주일 동안 침대에 누워 있게 된다 해도 좋았을 텐데요.

샐리는 저에게 크리스마스 방학에 자기네 집에 가자고 초청했어요. 그애네 집은 매사추세츠 주 워스터예요. 샐리는 참 친절하지요? 저는 정말 가고 싶어요. 저는 록 윌로우 농장 이외에는 세상에 태어나서 개인 가정집에 가본 적이 없거든요. 셈플 내외는 나이 먹은 어른들이니까 계산에 넣을 수가 없지요. 그러나 맥브라이드네는 아이들이 많고(여하간 두세 명은 있겠죠) 어머니, 아버지, 할머니 그리고 앙골라 고양이도 있대요. 그야말로 아주 완전한 가족이에요! 트렁크를 챙겨 가지고 멀리 간다는 것은 기숙사에 남아 있는 것보다는 확실히 재미있을 거예요. 저는 여행을 간다는 생각만 해도 기뻐서 어쩔 줄을 모르겠어요.

7교시 수업 시간입니다. 연극 연습을 해야 합니다. 추수감사절 연극에 출연하게 되었습니다. 노란 곱슬머리에 벨벳 저고리를 입은 탑 속의 왕자 역이에요. 참 멋있겠지요?

아저씨의 벗 J. A. 올림

토요일

제가 어떻게 생겼나 보시지 않겠습니까? 여기에 레오노라 펜튼이 우리 셋을 함께 찍어준 사진 한 장을 보냅니다.

밝게 웃고 있는 애가 샐리이고, 키가 크며 코를 들고 있는 애가 줄리아이고, 얼굴에 머리칼이 흩날리고 있는 키가 작은 애가 주디예요. 주디의 실물은 더 예쁜데, 햇빛에 눈이 부셔서 그렇게 되었어요.

12월 31일 (매사추세츠 주 워스터의 '스톤 게이트'에서)

친애하는 키다리 아저씨께—

좀 더 일찍 편지를 하여 크리스마스 송금에 대해 감사를 드리려고 했는데, 맥브라이드의 집에서 보내는 생활에 어찌나 넋을 빼앗겼던지 책상에 앉아 있을 시간을 단 2분도 낼 수가 없었어요.

저는 새 드레스를 샀습니다. 꼭 필요한 것은 아니지만 갖고 싶었던 거예요. 올해에는 키다리 아저씨한테서만 크리스마스 선물을 받고, 우리 가족한테서는 그저 안부 편지만 받았습니다.

저는 샐리의 집을 방문하여 아주 재미있게 지내고 있습니다. 샐리의 집은 큰 구식 벽돌 집으로 흰 장식을 달고 있어요. 시내에서는 좀 떨어져 있는데, 제가 존 그리어 고아원에 있을 때 호기심을 갖고 바라보면서, 그 속은 어떻게 생겼을까 궁금해하던 바로 그런 집이에요. 저는 이런 집 안을 내 두 눈으로 직접 보게 되리라고는 꿈에도 생각해보지 않았어요. 그런데 지금 제가 이 집 안에 있어요! 모든 것이 아주 편안하고 포근하며 아늑합니다. 저는 이 방 저 방을 돌아다니면서 가구들을 탐내고 있어요.

이곳은 아이들을 키우기에 가장 좋은 집입니다. 숨바꼭질하기 좋은 컴컴한 구석과 옥수수를 튀겨 먹기 좋은 벽난로, 비 오는 날 뛰어놀기 좋은 다락방, 햇볕이 잘 드는 아주 커다란 부엌, 그리고 마음씨 좋고 명랑한 뚱보 식모 아주머니가 있어요. 이 식모 아주머니는 이 집에 13년이나 살았는데 늘 아이들에게 빵을 구워주려고 밀가루 반죽 토막을 남겨 두지요. 이런 집을 보기만 해도 다시 어린애가 되고 싶어져요.

게다가 가족들은 또 어떻구요! 꿈에도 상상할 수 없을 정도로 친절해요. 샐리에게는 아버지, 어머니, 할머니, 그리고 온통 곱슬머리인 아주 귀여운 세 살짜리 여동생, 늘 발 씻는 것을 잊어먹는 보통 체구의 남동생, 프린스턴 대학 3학년인 체격이 크고 잘생긴 지미라는 오빠가 있어요.

뭐니뭐니 해도 식사할 때가 제일 즐거워요. 모두들 동시에 웃고 농담하고 얘기합니다. 그리고 식사 전에 감사기도를 꼭 하지 않아도 되구요. 항상 먹을 때마다 감사기도를 하지 않아도 되니까 한결 살 것 같아요(이것이 불경스러운 말이라는 것을 알지만, 아저씨도 저처럼 의무적으로 감사해야 할 것이 많은 사람이 된다면 역시 저처럼 될 거예요).

너무 많은 일이 있었어요. 그래서 무슨 얘기부터 시작해야 좋을지 모르겠군요. 샐리의 아버지는 공장을 경영하시는데 크리스마스 이브에는 종업원들의 자녀를 위해 트리를 만들었어요. 사철나무와 홀리나무로 장식된 긴 포장실에 세워져 있었습니다. 지미 맥브라이드가 산타클로스 할아버지로 분장하고 샐리와 제가 그 옆에서 선물을 나누어주는 것을 도와주었어요.

아저씨, 참 묘한 느낌이 들었습니다. 저는 존 그리어 고아원의 이사님처럼 자선을 베푸는 사람이 된 기분이었어요. 저는 사탕

이 묻어 끈적끈적한 입술의 귀염둥이 소년에게 키스해주었어요. 그러나 저는 아무 애도 머리를 쓰다듬어주지는 않았어요!

그리고 크리스마스 이틀 후에는 그 집에서 '저'를 위한 무도회를 베풀어주었어요.

정말 이런 진짜 무도회는 난생처음 참석해보았어요. 물론 대학에서도 무도회가 있지만 여학생끼리 추는 거잖아요. 저는 새 이브닝 드레스를 입고(아저씨의 크리스마스 선물—참 고마워요) 흰색 긴 장갑을 끼고 하얀 새틴 무도화를 신었습니다. 완전하고 철저하고 절대적인 저의 행복에 굳이 결함이 있다면 리펫 원장에게 제가 지미 맥브라이드와 커틸리언 춤을 추는 광경을 보여줄 수 없었다는 사실뿐이에요. 아저씨가 다음에 고아원에 가실 때 원장에게 이 얘기를 해주세요.

아저씨의 벗 주디 애봇 올림

추신 : 제가 대문호가 못 되고 결국 평범한 여자로 그치고 만다면 아저씨는 무척 실망하시겠지요?

토요일 6시 30분

친애하는 아저씨께 —

오늘 여럿이서 거리에 나가려고 했는데, 맙소사! 비가 억수처럼 퍼부었어요. 저는 겨울에는 비가 아니라 눈이 와야 겨울다워서 좋아요.

매력 있는 줄리아의 아저씨가 오늘 오후에 또다시 이곳을 방문했는데, 5파운드짜리 초콜릿 상자를 사왔어요. 줄리아와 방을 함께 쓰니까 유리한 점이 많아요.

우리 여대생들의 천진난만한 재담이 재미있었는지 그분은 우리 공부방에서 홍차를 마시기 위해 다음 기차를 탔습니다. 그런데 우리는 사감한테 그분을 우리 방으로 들어오게 하는 것을 허락받기 위해 무진 애를 써야 했답니다. 아버지와 할아버지도 여학생 기숙사에 들어오는 것이 쉽지 않은데, 아저씨는 한층 더 어려웠어요. 오빠나 사촌 오빠들은 거의 불가능해요. 줄리아는 공증인 앞에서 그분이 아저씨라는 것을 서약해야 했으며 읍 서기의 증명서를 첨부했어요(저도 법률 지식이 좀 있지요?). 그런데 사감이 저비스 아저씨가 얼마나 젊고 잘생겼는지를 보았더라면 그분과 우리는 함께 홍차를 마실 수 없었으리라고 생각해요.

여하간 그분은 우리 공부방에 들어오시게 되었어요. 우리는 스위스 치즈를 넣은 갈색 샌드위치를 먹고 홍차를 마셨어요. 그분도 샌드위치 만드는 것을 거들어주시고 나서 네 개나 잡수셨어요. 저는 그분에게 제가 작년 여름 방학 때 록 윌로우 농장에 갔었다고 말했지요. 우리는 셈플 내외와 말들과 소들, 그리고 병아리들에 관해 재미있는 얘기들을 나누었어요. 그분의 기억에 남아 있는 말들은 그로브 이외에는 모두 죽었어요. 그로브는 그분이 마지막으로 농장에 갔을 때 망아지였대요. 그런데 그로브는 이제 아주 늙어서 절룩거리면서 겨우 걸어요.

저비 도련님은 록 윌로우 농장에서는 아직도 찬장 제일 밑층의 파란 접시로 덮은 노란 항아리 속에 도너츠를 넣어 두느냐고 물었어요. 물론 그렇게 하고 있었어요. 그분은 또 목장의 돌더미 밑에 들쥐 구멍이 있느냐고 물었어요. 그것도 있어요! 일꾼 아마사이가 지난해 여름에 살찌고 큰 회색 들쥐를 잡았는데, 그것은 저비 도련님이 어린 소년이었을 때 잡은 것의 25대 손자인지도 모르죠.

제가 그분 면전에서 '저비 도련님'이라고 불러도 그분은 기분 상해하지 않는 것 같아요. 줄리아는 아저씨가 여느 때에는 상당히 접근하기 힘든 분인데, 이렇게 상냥해진 것은 처음 보았대요. 그러나 줄리아가 전혀 재치가 없어서 그랬겠죠. 남자들을 대할 때에는 재치가 필요하다는 것을 알았어요. 남자들이란 잘 쓰다듬어주면 가르랑거리며, 잘못 쓰다듬어주면 침을 뱉지요(아주 우아한 은유는 못 돼죠. 그저 상징적으로 말한 거예요).

저는 지금 마리바스키르체프의 일기를 읽고 있어요. 정말 놀라운 글이에요. 자, 이 구절을 보세요. "지난밤 나는 절망의 발작

에 사로잡혀 신음하다가 마침내 식당의 시계를 바다 속으로 던져버리고 말았다."

저는 이 구절을 읽고 나서 제가 천재가 아닌 게 얼마나 다행인지 모른다고 생각했어요. 그들은 옆에 무엇이 있으면 아주 귀찮아 하지요. 그래서 집 안의 물건에 대해서도 파괴적이지요.

맙소사! 비가 마구 퍼붓고 있어요. 오늘 밤 채플에 가려면 헤엄을 쳐서 가야겠어요.

영원한 아저씨의 주디 올림

1월 20일

친애하는 키다리 아저씨께 —

아저씨는 혹시 요람에 누워 있던 귀여운 딸을 잃은 적이 있는지요?

아마 제가 아저씨의 잃어버린 그 딸일지도 몰라요! 만약 우리가 소설의 주인공인데, 그렇게 판명이 되었다면 여기가 대단원이 되겠죠, 그렇죠?

자신의 정체를 모른다는 것이 아주 기이하게 느껴져요. 정말 흥미롭고 낭만적이에요. 왜냐하면 아주 많은 가능성이 있으니까요. 많은 사람들이 그렇듯이 아마 저는 미국 사람이 아닌지도 몰라요. 저는 고대 로마 사람들의 직계 후손일지도 모르고 바이킹의 딸인지도 몰라요. 어쩜 저는 망명 러시아인의 딸로서 시베리아 감옥에서 태어났는지도 모르며 어쩌면 집시인지도 몰라요. 저는 제가 집시일 거라고 생각해요. 왜냐하면 저는 강한 '방랑벽'을 갖고 있으니까요. 물론 그 방랑벽을 발전시킬 충분한 기회는 아직 갖지 못했지만 말이에요.

아저씨는 저의 과거에 불미스러운 오점이 있다는 것을 아시지요? 제가 과자를 훔쳤다고 벌을 받고 고아원을 도망쳐버린 일 말이에요. 이 일은 이사님들에게 공개하는 일지에도 적혀 있어요.

그러나 아저씨는 어떻게 생각하세요? 만약 아저씨가 아홉 살 난 굶주린 계집애에게 식료품 저장실의 과자 단지 옆에서 혼자 나이프를 닦으라 하고 자리를 비웠다가 불시에 그곳에 나타났다면, 그애의 입 언저리에 과자 가루가 조금 묻어 있으리라는 것은 누구나 예상할 수 있지요. 그러고 나서 아저씨가 그 애의 팔꿈치를 잡아당기고, 뺨을 때리고, 푸딩이 들어오자 그것을 먹지 못하게 자리를 뜨라고 하면서 애가 도둑질을 했기 때문에 이런 벌을 받는다고 다른 아이들에게 말했다면, 그애가 도망치는 것은 당연한 일이 아니겠어요?

저는 4마일이나 달아났지만 다시 붙잡혀서 고아원으로 끌려오고 말았지요. 저는 일주일 내내 매일 다른 애들은 나가 노는 동안 말썽꾸러기 강아지처럼 뒷마당의 말뚝에 묶여 있었어요.

아차! 채플 종이 울립니다. 채플이 끝난 뒤에는 위원회 회의가 있어요. 오늘은 아주 재미있는 편지를 쓰려고 했는데, 미안하게 됐습니다.

친애하는 아저씨, 또 만나요.

편안하시길 빌며 주디 올림

추신 : 제가 아주 확실히 아는 것이 하나 있어요. 저는 중국 사람은 아니에요.

2월 4일

친애하는 키다리 아저씨께 —

지미 맥브라이드가 저에게 우리 방 한쪽 벽만큼이나 큰 프린스턴 대학 깃발을 보내주었습니다.

그분이 저를 기억해주어서 매우 고맙게 생각해요. 그러나 이 깃발을 어떻게 처리해야 할지 모르겠습니다. 샐리와 줄리아는 이것을 벽에 걸지 못하게 하거든요. 금년에 우리 방은 빨간 칠을 했는데, 제가 오렌지색과 검정색이 섞인 깃발을 추가하면 색 조화가 엉망이 되겠지요. 그러나 이 천은 아주 포근하고 두툼하고 멋진 것이므로 썩혀버리고 싶지 않아요. 이것으로 목욕가운을 만들면 예의에 어긋나는 짓이 될까요? 지금의 목욕가운은 낡았으며 빨면 줄어듭니다.

제가 요새 무슨 공부를 하는지 전혀 얘기하지 않았죠. 아저씨

는 제 편지들을 보고 공부의 진도를 상상하지 못할지 모르지만 저는 전적으로 공부만 하고 있어요. 동시에 다섯 과목을 배우고 있어 아주 어리둥절합니다.

화학 교수님은 '진정한 학자는 세밀한 것에 대해 각고의 정열을 가져야 한다' 라고 말씀하십니다.

역사 교수님은 '세밀한 것에 너무 집착하지 말고 전체적인 것을 파악할 수 있도록 충분히 멀리 떨어져 있으라' 고 말씀하십니다.

아저씨는 우리가 화학과 역사 사이의 마찰을 얼마나 재치있게 피하는지를 아실 거예요. 저는 역사학의 방법을 더 좋아합니다. 정복자 윌리엄이 1492년에 영국에 건너왔다든가 콜럼버스가 아메리카 대륙을 1100년인가 1066년에 발견했다든가 하는 것들은 사소한 사실들로서, 역사 교수님은 이런 것들을 거들떠보지 않습니다. 저는 역사 시간에는 안정감과 편안함을 느끼지만 화학 시간에는 전혀 그렇지 못해요.

6교시 수업 시간 종이 울려요. 저는 실험실에 가서 산성이니 소금이니 알칼리성이니 하는 자질구레한 것들을 공부해야 돼요.

제가 실험복에 염산을 떨어뜨려 접시만 한 구멍이 뚫렸어요. 만약 이론이 맞는다면 그 구멍을 아주 강한 암모니아로 중화할 수 있겠지요. 안 그렇겠어요?

다음 주에 시험이 있습니다. 그러나 겁날 것 없어요.

항상 아저씨의 벗인 주디 올림

3월 5일

친애하는 키다리 아저씨께 ―

3월의 바람이 솔솔 불고 하늘에는 검은 구름이 무겁게 움직이고 있습니다. 소나무숲 속에서는 까마귀들이 요란하게 울어대요! 까마귀 소리는 도취시키는 듯한 마음을 들뜨게 하는 그런 소리예요. 그것은 누구를 '부르는' 듯한 소리예요. 책을 덮어버리고 밖에 나가 바람과 함께 언덕 위를 달리면서 경주를 하고 싶은 심정입니다.

우리는 지난 토요일에 '여우 사냥'〔paper chase : 여우가 된 아이들이 종이 조각을 뿌리며 도망치면 사냥꾼이 된 아이들이 뒤를 쫓아 잡는 놀이〕을 하며 질퍽한 시골길을 5마일 이상이나 뛰어다녔어요. 여우(많은 색종이를 가진 세 명의 여학생으로 구성되었어요)는 스물일곱 명의 사냥꾼보다 반 시간 앞서 출발했어요. 저도 추적하는 스물일곱 명에 하나였는데 여덟 명이 중도에서 탈락하고 열아홉 명이 끝까지 뛰었습니다. 색종이로 표시된 여우 발자국은 어느 언덕을 넘더니 옥수수밭을 지나고 다음엔 수렁으로 들어갔어요. 우리는 마른 데를 골라 가볍게 뛰지 않으면 안 되었어요. 물론 우리들 중 반은 무릎까지 빠졌었죠. 우리는 여우 발자국을 찾지 못해 수렁에서 25분이나 낭비했어요. 그러다가 다시 잘 보니 발자국이 숲을 지나 언덕으로 올라가더니 어느 헛간 창문으로 들어가는 게 아니겠어요! 그런데 헛간의 문들은 모두 잠겨 있고 그 창문은 아주 높이 있는 데다 또 너무 작았어요. 이것은 정당한 수단이 된다고 할 수 없어요. 아저씨는 어떻게 생각하세요?

우리는 헛간 안으로 들어가지 않고 주위를 한 바퀴 돌면서 여우 발자국을 찾았어요. 발자국은 낮은 오두막 지붕을 지나 담 너머로 사라졌어요. 여우는 우리를 헛간에 묶어두었다고 생각하겠지만 여우가 우리 꾀에 넘어간 거예요.

그러고는 굽이치는 초원을 곧장 2마일이나 횡단했는데, 색종이가 드문드문 있어 추적하기가 여간 힘든 것이 아니었어요. 규칙에는 색종이의 간격이 최소 6피트로 되어 있는데, 그 간격은 6피트라기에는 너무 긴 것이었어요. 두 시간의 끈질긴 추적 끝에 드디어 우리는 여우가 크리스털 스프링 농장의 부엌으로 들어간 것을 발견했어요(이곳은 여학생들이 썰매나 건초 마차를 타고 와서 닭고기에 와플을 주는 저녁을 사 먹곤 하는 곳이에요). 그곳에 들어가보니 세 여우는 태평하게 우유와 꿀 바른 비스켓을 먹고 있지 않겠어요. 우리가 거기까지 따라올 줄은 생각지도 못했죠. 그들은 우리가 헛간 창문에 걸려 있으리라고 생각하고 있었을 거예요.

양편이 서로 이겼다고 우겨댔어요. 저는 우리가 이겼다고 생각해요. 아저씨는 그렇다고 생각하지 않으세요? 왜냐하면 그들이 학교로 돌아가기 전에 우리가 잡았으니까요. 여하간 우리 열아홉 명은 메뚜기처럼 여기저기에 마구 앉아 꿀을 달라고 떠들어댔어요. 꿀이 충분치 않았으나 크리스털 스프링 부인(그녀의 정식 성은 존

슨이지만 우리는 그녀를 이렇게 불렀어요)은 딸기잼 항아리와 단풍나무 당밀—바로 지난 주에 만든—한 통, 그리고 갈색 빵 세 덩어리를 가져왔어요.

우리는 6시 반이 넘어서야 학교에 도착했습니다. 저녁 식사 시간에 반 시간이나 늦었어요. 그래서 옷도 갈아입지 않고 식당에 들어갔는데, 농장에서 요기를 했는데도 식욕이 조금도 줄어들지 않았어요! 그리고 우리 모두는 신발이 엉망인 것을 핑계로 저녁 채플에 들어가지 않았어요.

제가 시험 얘기를 하지 않았군요. 저는 전 과목을 아주 무난히 통과했어요. 이제 비결을 알기 때문에 절대 학점을 못 따는 일은 없을 거예요. 그래도 1학년 때의 저 몹쓸 라틴어 산문과 기하 때문에 우등생으로 졸업하기는 틀렸죠. 그러나 저는 우등 같은 것은 상관 안 해요. "행복한데 무엇을 더 바라겠어요?"(이것은 인용문입니다. 저는 지금 영국 고전을 읽고 있어요.)

고전 얘기가 나왔으니 말인데, 아저씨는 《햄릿》을 읽으셨어요? 만약 아직 읽지 않았다면 즉시 읽으세요. 아주 훌륭한 작품입니다. 저는 이제까지 셰익스피어에 관해서 얘기는 많이 들었지만 그것을 읽고 나서야 정말 대문호라는 것을 실감했어요. 저는 늘 셰익스피어의 작품은 그의 명성의 덕을 보고 있는 것이 아닌가 하고 의심해왔거든요.

저는 글 읽기를 배우기 시작한 아주 오래전부터 제가 발명한 진짜 재미있는 놀이를 하고 있어요. 저는 매일 밤 자기 전에 읽고 있는 책의 인물(그 중 가장 중요한 인물 말이에요)이 되었다고 생각하고 잠자리에 들어가요.

오늘 저는 오필리아가 되어 있어요. 그렇게 지각 있는 오필리아 말이에요! 저는 늘 햄릿을 즐겁게 해주고 어루만져주고 꾸짖기도 하고 그가 감기에 걸리면 목으로 바람이 들어가지 않게 외투를 잘 여미라고 이르지요. 저는 그의 우울증을 완전히 치료해주었지요. 왕과 왕비는 돌아가셨어요. 해상 사고니까 장례식도 필요없었어요. 그래서 이제 햄릿과 저는 아무 방해도 받지 않고 덴마크를 통치하고 있어요. 왕국은 태평성대를 구가하고 있습니다. 햄릿이 다스리는 일을 맡고 저는 구호 사업을 펴고 있지요. 저는 지금 막 일류 고아원을 몇 개 설립했습니다. 아저씨와 다른 이사님들이 이 고아원들을 구경하고 싶은 생각이 있으시다면 제가 기꺼이 안내해드리겠습니다. 이사님들께서 이곳을 구경하시면 많은 참고가 되리라고 생각합니다.

덴마크 왕비 오필리아

3월 24일(25일인지도 모름)

친애하는 키다리 아저씨께 —

저는 천당에 갈 수 없을 거라고 생각하고 있어요. 이미 저에게 좋은 일들이 홍수처럼 쏟아지고 있으니까요. 만약 제가 죽은 후에도 또 좋은 일들을 갖게 된다면 불공평하지 않을까요? 무슨 일이 일어났는지 말할게요.

제루샤 애봇은 교지가 매년 주최하는 단편소설 현상 모집(상금 25달러)에 당선되었습니다. 2학년 학생으로서 말이에요! 응모자는 주로 4학년 학생들이었죠. 저는 게시판에 제 이름이 붙어 있는 것을 보았을 때 그것이 현실처럼 느껴지지 않았어요. 여하간 제가 작가가 될 모양이에요. 저는 리펫 원장이 그렇게 우스운 이름을 지어주지 않았더라면 하고 생각해요. 그러나 그 이름도 나름대로 아름다운 데가 있지요. 그렇게 생각하지 않으세요?

또한 저는 춘계 연극 출연자로 뽑혔어요. 셰익스피어의 《뜻대로 하세요》를 야외에서 공연할 참이에요. 저는 로잘린드의 사촌인 실리아 역을 맡을 거예요.

또한 끝으로, 줄리아와 샐리와 저는 오는 금요일 뉴욕을 방문하기로 하였습니다. 가는 날은 봄옷들을 약간 사고 하룻밤을 묵은 뒤 다음날 '저비 도련님'과 함께 극장에 갈 거예요. 그분이 우리를 초청했어요. 줄리아는 자기 집에 가서 묵고 샐리와 저는 마르타 워싱턴 호텔에 묵을 거예요. 이렇게 신나는 일이 어디 또 있겠어요? 저는 아직 호텔이라는 곳에 가보지 못했으며 극장에도 못 가봤습니다. 다만 성당에서 축제 때 고아들을 초청한 적이 있으나 그것은 진짜 극이 아니어서 계산에 넣을 수가 없는 것이죠.

그런데 우리가 보게 될 극의 제목이 무엇인지 아세요? 《햄릿》이에요! 생각해보세요! 저는 셰익스피어 과목에서 4주 동안 이것만 공부하여 이제 암기하고 있어요.

저는 앞으로 있을 일들 때문에 마음이 들떠 잠을 잘 수가 없어요.

아저씨, 안녕히 계세요.

세상은 참 즐거운 곳이에요.

주디 올림

추신 : 막 달력을 보니까 28일이군요.

추가 추신 : 저는 오늘 한쪽 눈은 갈색이고 한쪽 눈은 파란 전차 차장을 봤어요. 탐정소설의 악당으로 만들면 잘 어울리겠죠?

4월 7일

친애하는 키다리 아저씨께 —

어휴! 뉴욕은 너무나 엄청나게 커요. 워스터는 뉴욕에는 비교도 안 되지요. 아저씨는 정말 그 혼란한 도시 속에서 살고 있어요? 저는 이틀 동안 방문했지만 몇 달 동안 어리둥절한 기분에서 벗어나지 못할 것만 같아요. 저는 제가 본 놀라운 것들을 어느 것부터 얘기해야 할지 모르겠어요. 물론 아저씨는 거기 사시니까 모든 것을 다 알겠지만 말이에요.

그러나 거리들은 재미있지요? 그리고 사람들도요. 또 가게들은 어떻구요? 윈도우 안에 진열된 것처럼 멋진 것들은 처음 보았어요. 그것들을 보면 일생을 옷 입는 데에 바치고 싶어지지요.

샐리, 줄리아, 그리고 저는 토요일 오전에 함께 쇼핑을 했어요. 줄리아는 제가 이제까지 본 중에서 가장 호화찬란한 가게 안으로 들어갔어요. 벽은 흰색과 금색이었고 청색 카펫, 청색 비단 커튼, 그리고 도금한 의자들이 즐비하게 있었어요. 노란 머리에 뒤가 끌리는 길고 검은 비단 가운을 입은 굉장히 아름다운 부인이 미소를 지으면서 우리를 맞았어요. 우리의 방문이 사교적인 것으로 착각되어 저는 악수를 할 뻔했지만, 우린 단지 그저 모자를 사러 들어간 거예요. 적어도 줄리아만은 모자를 사러 들어간 거예요. 줄리아는 거울 앞에 앉아 한 다스 이상의 모자를 써봤는데 모두 나무랄 데 없이 아름다웠어요. 줄리아는 그 중 제일 아름다운 것 두 개를 샀어요.

저는 거울 앞에 앉아 먼저 값을 물어보지 않고 마음에 드는 모자를 골라 살 수 있다는 것보다 더한 즐거움이 인생에 있을까 하는 생각을 하였답니다. 아저씨, 분명해졌습니다. 뉴욕은 존 그리어 고아원이 그렇게 애써 키워낸 이 훌륭한 금욕적인 성격을 급속히 붕괴시킬 것이 틀림없을 것 같아요.

우리는 쇼핑을 끝낸 뒤 저 유명한 셰리 식당에서 저비 도련님을 만났어요. 아저씨도 셰리 식당에 가본 적이 있겠죠? 그러시면 그곳과 존 그리어 고아원의 식당을 비교해보세요. 그리고 제가 어떻게 느꼈겠는지 상상해보세요. 고아원의 식탁은 기름 먹인 천으로 덮여 있고 그릇이라곤 웬만해서는 깨어지지 않는 오지그릇이고 나이프와 포크의 손잡이도 나무로 된 것이죠.

저는 생선튀김을 먹을 때 포크를 잘못 사용했으나 웨이터가 아주 친절하게 다른 것을 쥐어주었기 때문에 아무도 눈치를 못 챘어요.

점심을 먹고 나서 극장에 갔어요. 극장은 믿을 수 없을 만큼 호화찬란했어요. 매일 밤 꿈에 이 극장이 나타나요.

셰익스피어도 놀라지 않을까요?

《햄릿》은 강의실에서 해석하는 것보다 무대에서 상연되니까 훨씬 더 감동적이었어요. 전에도 이 작품을 감상했지만 지금은, 아……

아저씨께서 상관하지 않으신다면 저는 작가보다 배우가 되고 싶은 생각이에요. 대학을 그만두고 연극학교에 들어가도 괜찮겠어요? 그러면 아저씨에게 제가 출연하는 연극의 일등석 초대권을 때마다 보내드리고 조명등 너머로 아저씨에게 미소를 던져드릴게요. 아저씨는 단춧구멍에 빨간 장미를 꽂는 것을 잊지 마세요. 그래야 제가 다른 사람에게 웃어 보이는 실수를 범하지 않게 되겠죠. 만약 잘못하여 제가 다른 사람에게 미소를 던진다면 아주 쑥스러울 거예요.

우리는 토요일 밤 기숙사로 돌아왔어요. 기차에서 정찬을 먹었어요. 열차 식당의 작은 테이블에는 분홍색 램프가 켜져 있고 흑인 웨이터가 시중을 들었어요. 저는 열차에 식당이 있다는 얘기는 전혀 들어보지 못했어요. 그래서 불쑥 그런 말을 했지요.

"참, 넌 어디서 살았지?" 하고 줄리아가 물었어요.

"마을에서" 하고 유순하게 줄리아에게 대답했어요.

"그런데 넌 여행을 한 번도 못했니?" 하고 그애가 또 물었어요.

"대학에 올 때 처음 타봤어. 그런데 거리가 겨우 160마일밖에 안 되어 식사를 하지 않았어" 하고 대답했어요.

제가 이렇게 우스운 이야기들을 하니까 줄리아는 저에 관해 파고들기 시작했어요. 저는 저의 우스운 태도를 노출시키지 않으려고 애를 쓰지만 놀라운 것을 보면 무의식중에 튀어나와요. 그런데 놀라운 것이 왜 그다지도 많습니까? 18년 동안 존 그리어 고아원에 있다가 갑자기 '세상'에 뛰어들었으니 현기증을 일으킬 만도 하지요.

그러나 저는 점점 익숙해져가고 있습니다. 저는 이제 과거와 같이 그런 엄청난 과오는 범하지 않아요. 이제 다른 애들과 함께 있어도 더는 불안하지 않아요. 전엔 다른 사람들이 저를 볼 때마다 몸둘 바를 몰라했습니다. 사람들이 제가 아무리 새 옷을 입어도 그것을 통해서 바둑 무늬의 무명옷을 꿰뚫어 보는 것만 같았어요. 그러나 이제 저는 더 이상 무명옷에 신경을 쓰지 않기로 했어요. 그날의 괴로움은 그날로서 족하느니라.

참, 꽃을 받은 얘기를 잊을 뻔했군요. 저비 도련님이 우리 세 사람에게 모두 오랑캐꽃과 은방울꽃으로 된 큰 꽃다발을 주었어요. 참 친절한 분이지요? 저는 남자에 대해서 관심을 많이 갖지 않았습니다—적어도 이사님들을 기준으로 판단한 것이지만—그러나 이제 마음이 변하고 있어요.

열한 장이나 썼군요—그래도 이것은 편지입니다. 용기를 내세요. 이제 그만 쓰겠어요.

항상 아저씨의 벗인 주디 올림

4월 10일

친애하는 부자씨 —

보내주신 50달러짜리 수표를 여기 돌려보내드립니다. 매우 감사합니다만 이 돈을 받을 기분이 나지 않아요. 매달 보내주시는 용돈으로도 제가 원하는 모자를 충분히 살 수 있습니다. 저번에 모자 가게에 관해 주책없는 얘기를 해서 죄송해요. 저는 그저 이제까지 그런 것을 본 적이 없다는 뜻으로 말한 겁니다.

저는 구걸하지 않았어요! 그리고 저는 정식으로 받게 된 것 이외에 따로 더 자선을 받고 싶지는 않아요.

제루샤 애봇 올림

4월 11일

사랑하는 아저씨께

어제 그런 편지를 보낸 것을 제발 용서해주세요. 그 편지를 부치고 나자마자 마음이 어찌나 아파왔는지. 그래서 다시 되찾으려 했으나 밉살스러운 우체부가 그것을 돌려주지 않았어요.

밤이 깊었습니다. 저는 몇 시간 동안 자지 않고 제가 얼마나 몹쓸 벌레 같은 존재인가 하고 생각했어요. 발이 천 개 달린 벌레 말이에요. 이것은 제가 말할 수 있는 제일 나쁜 욕이에요.

저는 줄리아와 샐리가 깨지 않도록 공부방 쪽 문을 아주 조용히 달고 역사 공책을 찢어 지금 편지를 쓰고 있습니다. 저는 아저씨가 보내준 수표에 대해 너무나 무례했음을 사과하고 싶을 뿐이에요. 저는 아저씨가 친절을 베풀려고 그 돈을 보내주신 것을 알아요. 그리고 아저씨는 모자와 같은 하찮은 것에도 신경을 많이 써주시는 어른이라는 것도 알아요. 제가 더 공손하게 돌려보냈어야 했습니다.

그러나 여하간 그 돈을 돌려보내지 않을 수는 없었어요. 저는 다른 여자애들과는 달라요. 다른 여자애들은 선물을 자연스럽게 받을 수 있어요. 그들에게는 아버지, 오빠, 아저씨, 아주머니가 있어요. 그러나 저에게는 그런 가족이라고는 단 한 사람도 없어요. 저는 아저씨가 저의 가족이라고 상상하고 싶어요. 그저 그 생각이 좋아서 말이에요. 그러나 물론 아저씨가 저의 가족이 아닌 것은 엄연합니다. 저는 정말 혼자예요—혼자서 등을 벽으로 돌리고 세상과 싸우고 있어요—전 이런 것을 생각하면 숨이 가빠집니다. 저는 단지 그런 생각을 제 마음에서 지워버리고 그렇지 않은 체하는 것입니다.

아저씨, 이해해주시겠어요! 저는 꼭 필요한 돈 이외에는 더 받을 수가 없습니다. 왜냐하면 언젠가 제가 그 돈을 갚으려면 쪼들리게 될 것이고 제가 마음먹은 대로 훌륭한 작가가 된다 해도 '그렇게 엄청난' 빚을 갚기는 쉽지 않을 테니까요.

저는 예쁜 모자랑 그런 것들을 갖고 싶어요. 그러나 그것을 사려고 미래를 저당 잡혀서는 안 될 것입니다. 제가 그렇게 무례

했던 것을 용서해주세요. 아저씨, 용서해주시겠지요? 저는 생각이 떠오르는 대로 충동적으로 편지를 써서는 다시 되찾지 못하게끔 우체통에 집어넣어버리는 몹쓸 습관이 있어요. 그래서 제가 때때로 분별 없고 은혜를 모르는 사람처럼 보일 때도 있지만, 저의 속마음은 그렇지 않아요. 저는 마음속으로 아저씨가 저에게 삶과 자유와 독립을 주신 데 대해 마음속 깊이 감사하고 있습니다. 저의 어린 시절은 지루하고 긴 방황의 시간이었어요. 그러나 이제 저는 시시각각 너무나 행복하여 이것이 생시인지 의심스러울 정도입니다.

   2시 15분이 되었습니다. 이제 살그머니 나가서 이 편지를 우체통에 집어넣으려고 해요. 아저씨는 먼젓번 편지를 받고 그 다음 배달 때 이 편지를 받아보게 될 거예요. 그러면 아저씨가 저를 나쁘게 생각할 시간이 그다지 길지는 않겠죠.

   아저씨, 안녕히 주무세요. 저는 항상 아저씨를 사랑해요.

주디 올림

5월 4일

친애하는 키다리 아저씨께—

지난 토요일에는 체육대회가 있었어요. 참 볼 만한 광경이었지요. 제일 처음에는 전교생이 흰 린넨 운동복을 입고 퍼레이드를 벌였어요. 4학년생들은 청색과 금색으로 된 일본식 종이 우산을 들었고, 3학년생들은 흰색과 노란색의 깃발을 들었습니다. 우리 2학년생은 진분홍 고무풍선을 들었지요. 고무풍선은 아주 매혹적이었는데, 특히 자꾸 손에서 빠져나가 날아갈 때에는 더욱 매혹적이었습니다. 1학년생들은 초록색 화장지로 만든 긴 리본을 단 모자를 썼어요. 또 청색 제복을 입은 악단을 시내에서 불러왔어요. 그리고 서커스단에서 온 것 같은 열댓 명의 광대들이 운동 경기 사이사이에 관객들을 즐겁게 해주었어요.

줄리아는 뚱뚱한 시골 사람으로 분장했는데, 먼지가 묻지 않게 하기 위해 린넨으로 만든 옷을 입고 부풀어오른 우산을 들고 있었어요. 그의 아내는 키가 크고 마른 패치 모리어티(정말 이름은 패트리시아입니다. 이런 이름을 들어본 적이 있습니까? 리펫 원장도 더 이상 잘 지을 수 없었을 거예요)로서 그녀는 이상하게 생긴 초록색 부인 모자를 한쪽으로 비스듬히 썼어요. 이들 부부가 경기장을 도는 동안 웃음 소리가 연방 터져나온 것은 물론입니다. 줄리아는 맡은 역을 썩 잘했어요. 저는 펜들턴 집안 사람이 그렇게 희극적인 성품을 잘 연기할 수 있으리라고는 꿈에도 생각하지 못했어요. 저비 도련님에게는 사과해요. 그러나 전 그분이 진짜 펜들턴 집안 사람이 아니라고 생각해요. 마치 제가 아저씨를 진짜 이사님이라고 생각하지 않는 것과 같이 말예요.

샐리와 저는 경기에 출전해야 하므로 가장행렬에는 끼지 않았어요. 그러면 경기는 어떻게 되었다고 생각하십니까? 우리 둘 다 이겼어요! 적어도 몇 종목에서는요. 우리는 넓이뛰기에도 출전했으나 졌어요. 그러나 샐리는 봉고도에서(7피트 3인치를 뛰어) 우승했고, 저는 50야드 경주에서(8초) 우승했어요.

골인하기 직전에는 너무너무 숨이 찼으나 우리 학급 전체가 고무풍선을 흔들고 소리치면서 응원해주어 참 신났어요.

주디 애봇은 어떻지?
잘하지.
누가 누가 잘하지?
주디 애―봇!

50야드 경주에서
우승한 주디

아저씨, 그 일은 정말 자랑스러웠어요. 그러고는 옷 갈아입는 천막으로 급히 갔더니 알코올로 닦아도 주고 레몬도 마시라고 입에 대어주더군요. 우리는 제법 직업적이죠? 학급을 위해 어떤 경기에 우승한다는 것은 훌륭한 일이죠. 왜냐하면 가장 점수를 많이 따는 학급이 우승컵을 획득하게 되니까요. 올해에는 4학년이 일곱 종목에 우승하여 우승컵을 획득했어요. 체육협회는 우승자 전원을 위해 체육관에서 정찬을 베풀었어요. 음식은 참깨튀김과 농구공 모양으로 만든 초콜릿 아이스크림이 나왔어요.

저는 어젯밤 늦게까지 《제인 에어》를 읽었습니다. 아저씨, 60년 전 일을 기억하실 정도로 늙으셨나요? 만약 그러시다면 그때 사람들은 그렇게 얘기했습니까?

거만한 블랑시 부인이 시종에게 "이 악당아, 주둥아리 닥쳐, 어서 시킨 일이나 해" 하고 말하는군요. 로체스터 씨는 하늘을 말하려 할 때 금속적 창공이라는 말을 꺼냅니다. 그리고 하이에나처럼 웃고 침실 커튼에 불을 지르고 면사포를 찢고 물고 하는 미친 여자에 대해서 말하자면—이것은 아주 철저한 멜로드라마입니다. 그러나 사람들은 읽고 또 읽고 또 읽지요. 처녀가 어떻게 그런 책을 썼는지 모르겠어요. 특히 교회 구내에서 자란 처녀가 말이에요. 브론테 자매에게는 저를 매혹시키는 그 무엇이 있어요. 그들이 쓴 소설, 그들의 생애, 그들의 정신 말이에요. 그들은 어디서 그런 자료들을 얻었을까요? 저는 어린 제인이 자선 학교에서 고통을 받는 장면을 읽을 때면 화가 치밀어서 밖에 나가 산책을 하지 않을 수 없었어요. 저는 그녀가 느낀 것을 충분히 이해했어요. 저는 리펫 원장을 아는지라 브로클허스트 씨도 잘 알 수 있었어요.

아저씨, 화내지 마세요. 저는 존 그리어 고아원과 로드 자선학교가 같다고 말씀드리는 것은 아닙니다. 우리는 먹을 것과 입을 것이 많았으며, 세수할 물도 충분했으며, 지하실에는 난로도 있었습니다. 그러나 한 가지만은 무서울 정도로 같았습니다. 우리의 생활은 아주 단조롭고 심심했습니다. 일요일에 아이스크림이 나오는 것 외에는 좋은 일이라고는 아무것도 없었습니다. 그것도 규칙적이었습니다. 제가 그곳에 있던 18년 동안 저는 단 한 번 재미있는 일을 겪었지요. 그것은 나뭇광에 불이 났을 때였습니다. 우리는 자다가 깨어 고아원 건물에 불이 붙을 경우에 대비하여 옷을 입었어요. 그러나 건물에 불이 붙지 않아 우리는 다시 가서 자야 했어요.

누구나 조금씩 예상치 않은 사건이 일어나는 것을 좋아해요. 이런 심정은 완전히 인간적인 갈구겠죠. 그러나 저는 리펫 원장이 자기 사무실로 불러 존 스미스 씨가 저를 대학에 보내줄 것이라고 일러줄 때까지는 그런 깜짝 놀랄 사건을 당해본 적이 전혀 없었어요. 게다가 리펫 원장은 그 소식을 너무나 조금씩 밝혀주어 저는 크게 놀라지도 못했어요.

아저씨, 모든 사람이 가져야 할 가장 필요한 자질은 상상력이라고 생각해요. 상상력이 있음으로써 사람은 다른 사람의 입장에 처해볼 수 있게 되지요. 상상력이 친절하고 동정심 있고 이해력 있는 사람을 만들지요. 상상력은 어려서 개발되어야 해요. 그러나 존 그리어 고아원은 상상력이 조금만 비쳐도 그것을 짓밟았어요. 그곳에서는 오직 의무감만을 장려했어요. 저는 의무라는 말의 뜻조차 아이들에게 가르쳐주지 말아야 한다고 생각해요. 의무란 추악하고 지긋지긋한 것이에요. 아이들이 하는 모든 일은 사랑에서 우러나온 것이어야 해요.

제가 고아원 원장이 되어 보여드릴 때까지 기다리세요. 저는 밤에 자기 전에 이런 공상을 즐겨 해요. 저는 아주 세밀한 데까지 계획하고 있어요—식사 문제, 의복 문제, 교육 문제, 오락 문제, 처벌 문제—왜냐하면 저의 우수한 고아들도 때때로 잘못을 저지를 테니까요.

여하간 고아들은 행복해질 것입니다. 제 생각에 어른이 된 뒤에는 얼마나 많은 역경에 부딪치게 될지 모르지만 모든 사람은 회상해볼 만한 행복한 어린 시절을 가져야 합니다. 그래서 저에게 아이들이 생긴다면 제가 아무리 불행하더라도 그들이 자랄 때까지 그들에게 고생을 시키지 않을 거예요.

(채플 시간을 알리는 종이 울립니다. 이 편지는 나중에 마저 쓰겠습니다.)

목요일

오늘 오후 실험실에서 돌아와보니, 다람쥐 한 마리가 티 테이블 위에 앉아 복숭아를 먹고 있었어요. 이제 날씨가 따뜻해져서 창문을 열게 되니 이런 손님들의 방문을 받게 되는군요.

토요일 아침

오늘은 수업이 없는 날이므로 어젯밤은 제가 상금으로 산 스티븐슨 전집을 읽으면서 조용히 멋지게 보냈으리라고 생각하시지요? 그러나 만약 아저씨가 그렇게 생각하신다면 아저씨는 여자 대학 사정을 전혀 모르는 것입니다. 여섯 명의 친구가 퍼지를 만들어 먹자고 몰려들어 왔어요. 그런데 한 애가 퍼지―아직 굳기도 전에―를 우리의 가장 좋은 융단 한가운데에 떨어뜨렸어요. 이 얼룩은 지울 수 없는 거예요.

최근엔 공부 얘기를 하지 않았지만, 매일 공부를 하고 있어요. 그러나 공부 문제를 떠나서 인생을 폭넓게 토의하는 것도 다소 기분 전환이 되겠죠. 아저씨와 저와의 토론은 늘 제 얘기만 하는 일방적인 토론인데, 이것은 아저씨 탓이에요. 아무 때고 좋으실 때 회답해주시면 고맙겠습니다.

이 편지는 사흘에 걸쳐 이따금씩 쓴 거예요. 이제 지루하시지요!

좋은 분이여, 안녕.
주디 올림

키다리 스미스 아저씨 귀하―

논증과 논제의 항목 분류법에 대한 학습을 완료했으므로 서신을 다음과 같은 형태로 쓰기로 결정했습니다. 이 편지는 필요한 모든 사실을 담고 있는 반면 필요치 않은 군말은 없습니다.

1. 금주에 하계 과목의 필기 시험이 있었음.

   A. 화학

   B. 역사

2. 신기숙사 신축 중.

   A. 건축 재료

      a. 붉은 벽돌

      b. 회색 석재

   B. 수용력

      a. 사감 1명, 강사 5명

      b. 여학생 2백 명

      c. 관리인 1명, 요리사 3명, 웨이트리스 20명, 하녀 20명

3. 오늘 밤 디저트로는 전케트를 먹었음.

4. 셰익스피어 희곡의 자료에 관한 특별 논문을 집필 중.

5. 루 맥마흔이 오늘 오후 농구를 하던 도중 미끄러져 넘어졌음.

   A. 어깨뼈 탈골

   B. 무릎 탈상

6. 새 모자 샀음.

A. 청색 벨벳 리본이 달렸음.

B. 두 개의 청색 깃이 꽂혔음.

C. 세 개의 빨간 방울솔이 달렸음.

7. 지금 9시 반.
8. 안녕히 주무십시오.

주디 올림

6월 2일

키다리 아저씨께 —

저에게 어떤 즐거운 일이 생겼는지 아저씨는 절대 짐작 못하실 거예요.

맥브라이드네가 올 여름에 애디론닥스 산맥에 있는 그들의 캠프로 저를 초대했어요! 그들은 숲 한가운데에 있는 아름다운 작은 호수 위에 지은 무슨 클럽의 회원이래요. 다른 회원들은 나무 사이 여기저기에 통나무로 만든 집을 갖고 있대요. 그들은 호수에서 카누를 타고 산길을 따라 멀리 떨어져 있는 다른 캠프장까지 걷기도 하고 일주일에 한 번씩 클럽에서 댄스 파티도 한대요. 그리고 지미 맥브라이드가 이번 여름에 잠시 대학 친구를 데리고 온대요. 그러면 춤출 파트너가 많아지겠지요?

맥브라이드 부인은 참 친절하시지요? 제가 크리스마스 때 그 집에 놀러 갔을 때부터 저를 보고 마음에 드셨나 봐요.

오늘 편지는 짧아서 죄송합니다. 이것은 진짜 편지가 아니라 여름 방학에 대한 계획이 결정되었음을 우선 통지하는 것입니다.

아주 만족하고 있는 주디 올림

6월 5일

친애하는 키다리 아저씨께 —

아저씨의 비서라는 사람한테서 막 편지를 받았습니다. 스미스 씨는 제가 맥브라이드 부인의 초청을 수락하지 말고 작년 여름과 같이 록 윌로우 농장에 가기를 원하고 계신다더군요.

아저씨, 어째서, 어째서 그러시는 거지요?

아저씨는 이 일에 관해 잘 이해하시지 못하나 보군요. 맥브라이드 부인은 저를 정말 진정으로 원하고 있어요. 저는 전혀 그 집에 폐가 되지 않아요. 오히려 제가 일을 도와주는 걸요. 그 집에서는 하인을 많이 둘 수 없으므로 샐리와 저는 유익한 일을 많이 해 드릴 수 있어요. 제가 살림을 배울 훌륭한 기회예요. 모든 여자는 살림을 알아야 돼요. 저는 고아원 살림밖에 모르고 있어요.

캠프장에는 우리 또래 소녀가 없어서 맥브라이드 부인은 제가 샐리의 친구가 되어주기를 원해요. 샐리와 저는 함께 독서도 많이 할 계획이에요. 다음 학년에 배울 영어와 사회학에 관한 책들을 읽을 참이에요. 교수님은 우리가 그 책들을 여름방학 때 다 읽어 두면 크게 도움이 될 거라고 말씀하셨어요. 우리가 함께 읽고 그것에 관해 토론하게 되면 그것을 훨씬 더 쉽게 기억하게 되겠죠.

샐리의 어머니와 한집에서 산다는 것 자체가 교육을 받는 것이에요. 그분은 세상에서 가장 흥미있고, 재미있고, 상냥하고 매력 있는 여자예요. 그리고 모르는 것이 없어요. 제가 얼마나 많은 여름을 리펫 원장과 함께 보냈는지를 생각하시고 또한 그 차이를 얼마나 뼈저리게 느끼는지 생각해보세요.

집이 좁지 않을까 하는 걱정은 마세요. 그들의 집은 고무로 만들어져 있어 늘어날 수 있답니다. 그들은 만약 식구가 많아지면 숲속 여기저기에 텐트를 치게 하여 사내애들을 밖으로 내보낼 겁니다. 하루 종일 야외에서 운동을 하게 될 것이므로 즐겁고 건강에 좋은 여름이 될 것입니다. 지미 맥브라이드는 말 타는 법, 카누 젓는 법, 사냥총 쏘는 법, 그리고 그 외에도 제가 알아야 할 많은 것들을 가르쳐줄 거예요. 저는 이렇게 걱정 없이 즐겁게 지내본 적이 없어요. 저는 모든 소녀는 인생에서 한 번은 이런 즐거움을 느껴볼 권리가 있다고 생각합니다. 물론 아저씨가 시키는 대로 하겠어요. 그러나 아저씨, 제발, 제발 가게 해주세요. 이렇게 절실히 소원해보기는 처음이에요.

지금 편지를 쓰고 있는 사람은 미래의 위대한 작가 제루샤 애봇이 아닙니다. 그저 주디라는 소녀입니다.

6월 9일

존 스미스 씨 귀하―

금월 7일자 편지를 받았습니다. 선생님의 비서를 통해 지시하신 바에 따라 올 여름 방학을 록 윌로우 농장에서 보내기 위해 오는 금요일 출발합니다.

제루샤 애봇(양) 올림

8월 3일 (록 윌로우 농장에서)

친애하는 키다리 아저씨께 —

편지를 근 2개월 간 쓰지 않았군요. 이렇게 하는 것이 좋지 않다는 것은 저도 알아요. 그러나 금년 여름에는 아저씨가 과히 마음에 들지 않는군요. 제가 너무 솔직하지요!

아저씨는 제가 맥브라이드네 캠프 초청을 포기하게 되어 얼마나 실망했는지 상상도 못하실 거예요. 물론 아저씨가 저의 보호자라는 사실과 모든 문제에 있어 아저씨의 의향에 따라야 한다는 것은 잘 알고 있어요. 그러나 이번 일은 '이유'를 전혀 모르겠어요. 제게 아주 좋은 기회였음은 두말할 필요도 없을 거예요. 제가 아저씨이고 아저씨가 주디라면 저는 이렇게 말했을 거예요. "애야, 축하한다. 어서 가서 재미있게 지내라. 많은 사람과 사귀고 새로운 것도 많이 배워라. 야외 생활을 하여 튼튼하고 건강해져라. 앞으로 또 일년 간 열심히 공부하기 위해 푹 쉬어라."

그러나 아저씨는 전혀 달랐어요! 아저씨는 비서를 시켜 록 윌로우 농장으로 가라고 간단히 명령했을 뿐이에요.

제 감정을 상하게 하는 것은 비인간적으로 명령하는 그 자세입니다. 만약 아저씨가 조금이라도 제가 아저씨에 대해 느끼고 있는 것과 같이 저에 대해 느낀다면, 비서를 시켜 인간미 없이 몇 자 타이프치게 하지 않고 때때로 손수 쓰신 편지를 보내셨을 거라고 생각돼요. 아저씨가 조금이라도 관심을 갖고 있다는 암시만 했더라면 저는 아저씨를 즐겁게 해드리려고 무슨 일이라도 할 텐데요.

저는 회답을 전혀 기대해서는 안 되고, 길고도 자세한 그리고 상냥한 편지를 쓰기만 해야 한다는 것을 알고 있습니다. 아저씨는 아저씨측 계약을 충실히 이행하고 있으며—저를 교육시킨다는—제가 계약에 어긋난다고 생각하실 줄 압니다.

그러나 아저씨, 이 계약은 너무나 어렵습니다. 정말 지키기 어렵습니다. 저는 무척 고독합니다. 제가 생각할 수 있는 사람은 아저씨뿐인데 아저씨는 마치 그림자와 같습니다. 아저씨는 제가 허구로 만든 상상의 인물에 불과합니다. 어쩌면 진짜 아저씨는 저의 상상 속의 아저씨와 조금도 닮은 데가 없을지 모릅니다. 그러나 제가 병이 나서 입원했을 때 아저씨는 문병 편지를 보내주셨습니다. 그래서 저는 몹시 심하게 버림받았다고 느껴질 때에는 그 편지를 꺼내 되풀이하여 읽어봅니다.

처음 편지 쓸 때에는 다음과 같이 쓰려고 마음먹었었는데, 딴 얘기를 많이 하게 되었군요.

독단적이고 강압적이고 부당하고 전능하고 보이지 않는 신과 같은 사람에게 붙들려서 여기저기 끌려다닌다는 것은 매우 굴욕적인 것입니다. 상한 내 가슴은 아직도 아프지만 아저씨가 이제까지 저에게 친절하고 너그럽고 사려깊게 대해주었던 것처럼 여전히 그렇게 대해주고 있다면, 저는 그분이 원한다면 독단적이고 강압적이고 부당하고 보이지 않는 신이 될 권리가 있다고 생각합니다. 그래서 아저씨를 용서한 것이며 다시 명랑해질 것입니다. 그러나 저는 샐리네가 캠프에서 재미있게 지낸다는 편지들을 받으면 여전히 기분이 언짢습니다!

그러나 이제 그 일은 덮어버리고 새 출발을 하려고 해요.

저는 이번 여름에 작품을 아주 많이 쓰고 있어요. 이미 네 개의 단편을 끝내어 각각 다른 잡지사에 보냈습니다. 제가 작가가 되려고 애쓰고 있다는 것을 아시겠죠. 저비 도련님이 비 오는 날 노는 방으로 쓰던 다락방 귀퉁이에 집필실을 마련했어요. 그곳은 지붕 창이 두 개가 있어 바람이 잘 통하고 서늘합니다. 그곳에 그늘을 던져주는 단풍나무에는 빨간 다람쥐 가족이 구멍을 파고 살고 있어요.

며칠 안으로 농장의 여러 가지 소식을 모두 전하는 재미있는 편지를 쓰겠습니다.

비가 왔으면 좋겠어요.

항상 아저씨의 벗인 주디 올림

8월 10일

키다리 아저씨 귀하―

저는 지금 목장 연못가에 서 있는 버드나무의 둘째 가지 위에서 이 편지를 쓰고 있습니다. 아래서는 개구리들이 울어대고 있고, 머리 위에서는 매미가 합창을 하고 있으며, 두 마리의 작은 다람쥐들이 나무 줄기를 오르내리고 있습니다. 저는 두 시간째 이 가지 위에 있어요. 가지 위는 아주 편합니다. 특히 소파 방석 두 장을 깔았더니 더 편안해요. 저는 불멸의 단편을 쓸 작정으로 펜과 원고지를 가지고 올라왔으나 여주인공이 아주 애를 먹이고 있습니다. 여주인공의 언행이 제가 뜻하는 대로 되지가 않습니다. 그래서 잠시 집어치우고, 대신 아저씨한테 편지를 쓰는 거예요 (그러나 아저씨도 제가 원하는 대로 움직일 수 없어 크게 기분 전환이 되지 않는군요).

만약 아저씨가 지금 저 지긋지긋한 뉴욕에 머무르고 계신다면 이 아름답고, 미풍의 햇살이 찬란한 전경을 얼마만큼이라도 보내드리고 싶군요. 시골은 일주일 간 비가 오더니 천국이 되었어요.

천국 얘기가 나왔으니 말인데, 지난 여름 제가 편지에서 말한 켈로그 목사 기억나십니까? 코너즈에 있는 작고 하얀 교회의 목사 말입니다. 그런데 그 불쌍한 노인은 지난 겨울 기관지염으로 돌아가셨답니다. 저는 그 교회에 대여섯 번 가서 그 목사의 설교를 들었기 때문에 그분의 신학을 잘 알게 되었지요. 그분은 처음에 믿었던 것을 끝까지 그대로 믿고 있어요. 47년 간 한 가지 생각을 바꾸지 않고 외곬으로 나가는 사람은 희귀한 물건과 같이 장롱 속에 잘 보관해두어야 한다고 생각해요. 저는 그분이 지금 천당에서 금관을 쓰고 하프를 켜고 있기를 기원합니다. 그분의 철석같은 믿음처럼.

그분의 후임으로는 아주 패기만만한 젊은 사람이 왔어요. 신도들은, 그 중에서도 특히 커밍스 집사파는 새 목사에 대해 그리 달갑지 않은 모양이에요. 교회의 신도들이 크게 분열될 것 같아요. 이곳 사람들은 종교가 혁신되는 것을 별로 반기지 않습니다.

비가 오는 일주일 동안 저는 다락방에 틀어박혀 독서에 취해 있었습니다. 주로 스티븐슨의 작품을 읽었지요. 스티븐슨 자신이 쓴 소설의 인물들보다 더 흥미로워요. 제 생각에 스티븐슨은 자신을 소설의 주인공으로 하였더라도 아주 훌륭한 주인공이 되었을 거예요. 그는 부친이 유산으로 남겨준 1만 달러로 요트 한 척을 사서 남해로 항해를 떠났는데, 참 멋있다고 생각하지 않으세요? 그는 그의 모험에 대한 신조에 따라 살았어요. 만약 우리 아버님이 저에게 1만 달러를 유산으로 남겨놓았다면 저도 그렇게 할 것입니다. 베일리머〔Vailima : 사모아 섬에 있는, 스티븐슨이 만년에 살았던 곳〕를 생각만 해도 피가 끓어요. 저는 열대 지방에 가보고 싶습니다. 세계 일주를 하고 싶어요. 언젠가 반드시 세계 일주를 할 거예요. 위대한 작가나 화가나 배우나 극작가나 아니면 다른 종류의 훌륭한 사람이 되는 날에는 정말 그럴 거예요. 저는 지독한 방랑병에 걸렸어요. 지도만 보아도 모자와 우산을 들고 떠나고 싶어집니다. '저는 죽기 전에 남국의 종려나무와 사원을 볼 겁니다!'

목요일 저녁 황혼 무렵 (문의 층계에 앉아서)

이 편지에서 무슨 소식을 찾아보려면 매우 힘드실 거예요! 주디는 최근 매우 철학적인 사람이 되어 일상 생활의 사소한 것을 자세히 다루는 대신 전반적인 세계 문제를 크게 논하고 싶어 합니다. 그러나 아저씨가 꼭 소식을 보내달라고 하신다면 여기 있습니다.

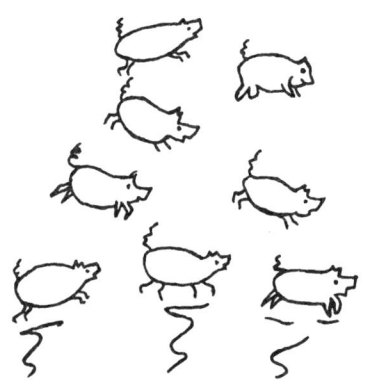

지난 화요일 아홉 마리의 돼지 새끼가 개천을 건너 도망쳐버렸는데, 여덟 마리만 돌아왔습니다. 남을 부당하게 비난할 수는 없지만, 다우드 과부네가 원래 갖고 있는 것보다 돼지 새끼를 한 마리 더 갖고 있는 것 같아요.

위버 씨는 곳간과 사일로를 밝고 노란 호박색으로 칠했어요. 색깔이 아주 미웠는데, 그분은 그 색이 오래 변하지 않을 거라고 하네요.

브르워네는 금주에 손님이 왔습니다. 오하이오에서 브르워 부인의 여동생과 조카 둘이 왔습니다.

로드 아일랜드 레드종 닭 한 마리가 계란 열다섯 개를 품고 있었는데 알을 깨고 나온 병아리는 세 마리뿐이에요. 무엇이 잘못되었는지 모르겠어요. 제가 보기에 로드 아일랜드 레드종은 아주 열등한 종자입니다. 저는 버프 오핑톤스종이 더 낫다고 생각해요.

본니리그 포 코너즈의 우체국에 새로 온 직원이 저장 중인 자메이카 진저에일을 한 방울도 남겨놓지 않고—7달러어치나 된대요—다 마셔버렸다가 발각되었어요.

아이러 해취 노인은 류머티즘에 걸려 더는 일을 못하게 되었습니다. 노인은 벌이가 좋을 때 저축을 하지 않았기 때문에 이제 읍의 구호로 살아가게 되었어요.

오는 토요일 저녁에는 교장 선생님 관사에서 아이스크림 파티가 있을 예정이에요. 가족과 함께 오랍니다.

저는 우체국에서 25센트를 주고 새 모자를 샀어요. 다음 그림은 저의 최근 초상화입니다. 건초를 모으러 가는 길이에요. 너무 어두워서 글씨가 보이지 않습니다. 하긴 쓸 뉴스는 다 써버렸으니까요.

안녕히 주무세요.

주디 올림

금요일

안녕하십니까! 알려드릴 소식이 있습니다. 무엇이라 짐작하세요? 록 윌로우 농장에 누가 오는지 아저씨는 절대로 절대로, 짐작도 못할 거예요. 펜들턴 씨한테서 셈플 부인에게로 편지가 왔어요. 펜들턴 씨는 버크셔 구릉 지방을 자동차로 여행하는 중인데, 피곤하여 조용하고 아담한 농장에서 쉬고 싶대요. 어느 날 저녁이고 갑자기 이곳에 도착하면 유숙할 방이 준비되겠느냐는 것입니다. 아마 그분은 1주일 또는 2주일, 아니면 3주일 머무를 것 같아요. 그분이 이곳에 오시면 얼마나 평화로운 곳인가를 알게 될 거예요.

우리는 야단법석을 떨고 있습니다! 집안 전체를 청소 중이며 모든 커튼을 빨았어요. 저는 오늘 아침 마차를 타고 코너즈에 가서 현관에 깔 깔개와 홀과 뒷층계에 칠할 자주색 페인트 두 통을 살 예정입니다. 다우드 부인은 내일 아침에 와서 창문을 닦아주기로 했어요(사태가 워낙 급한지라 우리는 돼지 새끼에 대한 의심을 덮어버렸어요).

우리가 이렇게 준비한다고 하여, 이 집이 보통 때는 깨끗하지 않았을 거라고 생각할지 모르지만, 사실은 완전무결하게 깨끗합니다. 셈플 부인이 손이 모자라기는 하지만 부인은 훌륭한 '주부'입니다.

아저씨, 펜들턴 씨는 참 남자답지 못하시지요? 그분은 오늘

문에 나타날 것인지 아니면 오늘부터 2주일 후에 나타날 것인지 전혀 암시를 주지 않아요. 우리는 그분이 오실 때까지 계속 숨을 죽이고 살아야 합니다. 그런데 만약 그분이 빨리 오시지 않으면 청소를 온통 다시 한 번 해야 할지 몰라요.

아마사이가 그로브가 끄는 긴 사륜마차를 아래에 내놓고 기다리고 있어요. 제가 혼자서 몰고 갈 거예요. 늙은 그로브를 보신다면 저의 안전에 대해 걱정하시지 않을 거예요.

가슴에 손을 얹고, 안녕.

주디 올림

추신 : 끝맺는 말이 아주 멋있죠? 저는 이것을 스티븐슨의 편지에서 본땄어요.

토요일

다시 안녕하십니까? 저는 어제 우편배달부가 오기 전에 이 편지를 봉투에 넣지 못하여 여기에 추가합니다. 배달부는 하루에 한 번 12시에 옵니다. 시골 구석구석까지 우편배달부가 다니는 것은 시골 사람들에게 대단히 고마운 일이죠! 우편배달부는 편지만 배달하는 것이 아니라 한 건에 5센트씩 받고 우리의 심부름도 해줍니다. 어제는 배달부가 저에게 구두끈과 콜드크림 한 통(새 모자를 쓰기 전에 얼굴이 타서 콧등 살갗이 벗겨졌습니다), 청색 윈드저 타이, 그리고 검정 구두약 한 통을 모두 수고비 10센트를 받고 사다주었습니다. 이것은 제가 자주 주문하니까 특별히 싸게 해준 것입니다.

또한 배달부는 전 세계가 돌아가는 소식을 전해줍니다. 몇몇 사람이 배달로 일간지를 보는데, 배달부는 달랑달랑 걸으면서 신문을 읽어가지고 신문을 보지 않는 사람들에게까지 그 소식을 그대로 전합니다. 그래서 미국과 일본 간에 전쟁이 났다거나 대통령이 암살당했다거나 록펠러 씨가 존 그리어 고아원에 1백만 달러를 기부했다 해도 아저씨가 편지를 쓰는 수고를 할 필요가 없어요. 여기서도 세상 돌아가는 소식은 이럭저럭 듣게 되니까요.

저비 도련님은 아직도 나타나지 않았습니다. 이 집이 얼마나 깨끗한지 아십니까? 또 우리가 밖에서 집 안으로 들어갈 때 얼마나 조심스럽게 신발을 터는지 아세요?

저는 그분이 빨리 와주기를 바랍니다. 얘기할 수 있는 사람이 그리워 죽겠어요. 사실을 말하면 셈플 부인은 좀 단조로워요. 부인은 사념에 사로잡히는 일이 없이 그저 이야기를 술술 할 뿐이에요. 이것이 이곳 사람들의 이상한 점입니다.

이 사람들의 세계는 단지 하나의 언덕 같아요. 그들은 조금도 우주적이지 않습니다. 제 말뜻을 아시겠죠. 이것은 마치 존 그리어 고아원과 같아요. 그곳에서 우리들의 사념은 사면을 둘러싼 쇠 울타리 안에 갇혀 있었지요. 다만 제가 어렸으며 너무나 일과에 바빴기 때문에 그것이 크게 문제되지는 않았지요. 제가 맡은 침대들의 이불을 챙기고 어린애들의 얼굴을 씻기고 학교에 갔다 돌아와서 다시 어린애들의 얼굴을 씻기고 양말들을 기워주고 프레디 퍼킨즈의 바지를 기워주고(그놈은 매일같이 바지에 구멍을 냈습니다) 간단히 제 공부를 하다 보면 자야 할 시간이 됩니다. 사교가 없다는 것을 특별히 느낄 수가 없었어요. 그러나 이제 2년이나 여자 대학에서 재잘거리며 지낸 덕에 사교가 그립습니다. 저와 얘기가 통할 사람을 만났으면 기쁘겠어요.

아저씨, 이제 편지가 끝났습니다. 이 순간에도 별다른 일은 없으니까요. 다음번에는 더 긴 편지를 써보겠습니다.

항상 아저씨의 벗인 주디 올림

추신 : 금년에는 상추가 잘 되지 않았어요. 초여름에 너무 가물

었기 때문이에요.

8월 25일

   자, 아저씨, 저비 도련님이 여기 왔어요. 우리는 아주 즐겁게 보내고 있어요! 적어도 저는 즐겁게 보내고 있으며, 그분도 그러리라고 생각해요. 그분은 여기 온 지 열흘이 됐는데, 전혀 돌아갈 기색이 보이지 않습니다. 셈플 부인이 그분을 애지중지하는 꼴은 창피스러울 정도예요. 만약 그분이 어렸을 때도 그랬다면 어떻게 그분이 그렇게 훌륭한 사람이 되었는지 의심스럽습니다.

   그분과 저는 측면 현관이나 나무 아래에다 작은 테이블을 놓고 식사를 했습니다. 또는 비가 오거나 날씨가 찰 때에는 제일 좋은 객실에서 식사를 했습니다. 그분이 식사하고 싶은 자리를 고르기만 하면 캐리가 테이블을 들고 뒤를 따라 어정어정 걸어옵니다. 그 일이 아주 성가시거나 그녀가 접시들을 아주 멀리 날라야 할 때에는 그녀는 설탕 그릇 밑에서 1달러를 발견하게 됩니다!

   그분은 얼핏 보아서는 그렇게 보이지 않을지 모르지만 아주 사귀기 좋은 타입의 남자예요. 첫눈에는 진짜 펜들턴 집안 사람 같아 보였으나 사실은 조금도 그렇지 않아요. 그분은 그저 순박하고 겸손하고 상냥해요. 남자가 상냥하다면 조금 우스운 표현이 되겠으나 사실이 그래요. 그분은 이곳 농부들에게 아주 친절해요.

그분은 농부들을 인간 대 인간으로 대해주기 때문에 그들은 금세 경계심을 풀어버려요. 농부들은 처음에는 그분을 경계해요. 그들은 그분의 옷을 못마땅하게 여겼어요! 제가 보기에도 그분의 옷은 좀 놀라운 점이 있어요. 그분은 짧은 바지에 주름 잡힌 재킷을 입거나 흰 프란넬에 통이 불룩한 승마복을 입습니다.

그분이 새 옷을 입고 2층에서 내려올 때마다, 셈플 부인은 자랑스럽게 느끼면서 그분의 주위를 이리저리 돌며 여러 각도에서 바라봅니다. 부인은 그분에게 어디 앉을 때 조심하라고 당부하지요. 부인은 그분이 옷에 먼지를 조금이라고 묻힐까 걱정해요. 그분은 물론 이러는 것을 아주 귀찮아해요. 그분은 늘 셈플 부인에게 이렇게 말해요.

"아줌마, 저리 가서 아줌마 일이나 해요. 이제 더 이상 이래라저래라 하지 말아요. 난 어른이에요."

그렇게 훌륭하고 큰 키다리(아저씨, 그분은 아저씨만큼 키다리일 거예요)가 셈플 부인의 무릎에 안겨서 얼굴을 닦였다고 상상하니 우스워 죽겠어요. 그녀의 무릎을 보면 더 우습죠! 그녀는 지금 무릎은 둘, 턱은 셋을 갖고 있어요. 저비 도련님의 말에 따르면, 그녀도 한때는 마르고 강단이 있었으며 재빨라서 그분보다 더 빨리 달릴 수 있었대요.

우리는 아주 여러 가지 모험을 하고 있어요! 우리는 시골을 수마일 탐험했어요. 저는 깃털로 만든 이상하게 생긴 작은 파리

낚시로 낚시질하는 법을 배웠어요. 그리고 장총과 권총 쏘는 법도 배웠어요. 그리고 말 타는 것도요. 늙은 그로브는 아직도 굉장한 힘을 갖고 있어요. 우리는 그 말에게 사흘 동안 귀리를 먹였어요. 그놈은 송아지 소리에 놀라서 저를 태운 채 달아날 뻔했어요.

수요일

월요일 오후 우리는 스카이힐을 등산했어요. 이 산은 이 근처에 있는 산으로 그다지 높지는 않으나—꼭대기에 눈도 없어요—

꼭대기까지 올라가려면 좀 숨이 차게 돼요. 아래쪽 경사는 숲으로 덮여 있지만, 꼭대기는 돌들이 쌓여 있는 탁 트인 황야입니다. 우리는 해질 무렵까지 거기 있으면서 불을 피우고 저녁을 해먹었어요. 저비 도련님이 음식을 만들었어요. 그분은 저보다 요리 솜씨가 나을 거라고 말했어요. 그런데 정말 그래요. 왜냐하면 그분은 캠핑을 자주 하기 때문이래요. 그러다가 우리는 달빛으로 길을 찾아 내려왔어요. 어두운 숲속 길에 도달해서는 그분이 호주머니에서 꺼낸 회중 전등을 비추며 걸었어요. 참 재미있었어요! 그분은 내려오는 동안 내내 웃고 농담을 했으며, 재미있는 얘기도 했어요. 그분은 제가 읽은 책은 다 읽었으며, 제가 읽지 못한 책도 많이 읽었더군요. 어떻게 그토록 다방면의 지식을 갖고 있는지 놀라웠어요.

오늘 오전 우리는 장거리 도보 여행을 나갔다가 폭풍우를 만났어요. 집에 도착하기 전에 우리 옷은 푹 젖었어요. 하지만 우리의 기분은 조금도 젖지 않았어요. 우리가 부엌에 빗물을 뚝뚝 떨구면서 들어서는 광경을 본 셈플 부인의 얼굴 표정은 정말 가관이었어요.

"오, 저비 도련님, 주디 아씨! 흠뻑 젖었네요. 어마나, 어마나! 이걸 어쩌지! 그 좋은 새 코트가 완전히 못 쓰게 되었네."

셈플 부인은 참으로 우스운 여자예요. 우리는 열 살 난 애들이고 그녀는 속이 상한 어머니같이 생각되실 거예요. 저는 당분간

차 마실 때 잼도 얻어먹지 못할까 봐 걱정했어요.

토요일

이 편지를 시작한 지는 오래되었는데, 도무지 끝낼 짬이 없군요.

이것은 스티븐슨의 글인데, 멋지다고 생각되지 않으세요?

세상은 많은 것으로 가득 찼으니,
우리는 모두 분명히 왕들처럼 행복할 걸세.

이 말은 사실입니다. 세상은 행복으로 꽉 차 있습니다. 다가오는 행복을 붙잡을 마음만 있다면 모든 사람이 다 향유할 수 있을 정도로 많은 행복이 있습니다. 비결은 '유순하게 있는 것'입니다. 특히 시골에는 재미있는 일이 참 많습니다. 저는 어느 땅이나 걸을 수 있으며 모든 곳의 경치를 볼 수 있으며 아무 개울에서나 발을 적십니다. 이 모든 땅을 제가 소유한 것과 똑같이 향유합니다. 물론 세금은 내지 않고요!

*　*　*

지금은 일요일 밤 11시경입니다. 제가 초저녁 잠을 자고 있으리라고 생각하시겠지만 저녁 때 커피를 마셔서 초저녁 잠이 달아났어요!

오늘 아침 셈플 부인이 펜들턴 씨에게 아주 단호한 어조로 이렇게 말했어요.

"교회에 11시까지 도착하려면 집에서 10시 15분에는 떠나야 해요."

"아줌마, 알았어요. 마차나 준비해요. 그때까지 옷을 다 못 입으면 기다리지 말고 먼저 가요."

저비 도련님은 이렇게 말했구요.

"기다리겠어요."

"좋을 대로 해요. 하여간 말을 너무 오래 세워두지는 말아요."

그러고 나서 셈플 부인이 옷을 입기 시작하자 저비 도련님은 캐리에게 도시락을 싸라고 하고 저에게는 야외복으로 갈아입으라고 했어요. 우리는 뒷문으로 빠져나가 낚시질하러 갔어요.

우리가 늦게 돌아와서 집 안이 온통 엉망이 되었어요. 록 윌로우 농장에서는 일요일에는 늘 2시에 정찬을 먹는데, 저비 도련님은 7시에 정찬을 차리라고 분부했기 때문이에요. 그분은 자기 편한 대로 식사를 준비시키죠. 마치 식당에서처럼 말입니다. 이것 때문에 캐리와 아마사이가 마차 드라이브를 못했어요. 그러나 그분은 시중 드는 사람 없이 마차 드라이브하는 것은 적합치 못하기 때문에 가지 않는 것이 더 낫다고 말했어요. 그분은 직접 저를 태위주기 위해 말들이 필요했던 거예요. 아저씨는 이렇게 재미있는 얘기를 들어보셨어요?

그런데 가련하게도 셈플 부인은 주일날 낚시 가는 사람은 나중에 지글지글 타는 지옥에 떨어진다고 믿고 있어요! 셈플 부인은 저비 도련님이 어리고 힘이 없어 자기가 칼자루를 쥐고 있었을 때 그분을 더 잘 훈련시키지 못한 것이 매우 후회되는 모양이에요. 뿐만 아니라 그녀는 교회에서 다른 사람들에게 그분을 보이고 싶었는데 그러지 못해 아쉬워했어요.

하여간 우리는 낚시를 해서(그분은 작은 고기 네 마리를 잡았어요) 그것을 모닥불에 구워 점심으로 먹었어요. 고기들은 고정시켜놓은 막대기에서 자꾸 불 속으로 떨어져 좀 탔지만 우리는 그대로 먹었어요. 우리는 4시에 집으로 돌아왔다가 5시에 마차 드라이브를 하고 7시에 저녁을 먹었습니다. 10시에야 제 침실로 올라와서, 지금 이렇게 아저씨한테 편지를 쓰고 있는 것입니다.

역시 좀 졸려오는군요.

안녕히 주무세요.

화요일

여기에 제가 잡은 고기를 그렸습니다.

키다리 선장, 여봐요!

 닻을 내려! 밧줄을 묶어! 요오호 어기여차! 럼주 한 병, 제가 지금 무슨 책을 읽는지 아세요? 요 이틀 동안 저와 저비 도련님은 항해와 해적에 관해서 많이 얘기했어요. 《보물섬》은 정말 재미있어요. 아저씨도 읽어보셨지요? 혹 아저씨가 소년이었을 때 이 책이 출판되지 않았나요? 스티븐슨은 이 연재소설의 인세로 겨우 30파운드를 받았대요. 위대한 작가가 된다고 돈벌이가 잘 되는 게 아닌가 봐요. 선생 노릇이나 할까 봐요.

 편지에 스티븐슨 이야기를 너무 많이 써서 죄송합니다. 현재 제 마음은 스티븐슨에게 매혹되어 있습니다. 그의 책이 록 윌로우의 서재에 가득 차 있습니다.

 저는 이 편지를 2주일째 쓰고 있어 이제 끝내도 될 정도로 충분히 길다고 생각합니다. 제가 자세히 쓰지 않는다는 말은 하시지 않겠죠. 아저씨도 여기 오셨으면 좋았을 텐데요. 우리는 모두 아주 즐겁게 지냈을 거예요. 제 다른 친구들이 서로 알게 되었으면 좋겠어요. 저는 펜들턴 씨한테 뉴욕에 계시는 아저씨를 아시느냐고 묻고 싶었어요. 물론 저는 그분이 아저씨를 알고 있을 거라고 생각해요. 두 분께서는 모두 상류 사교계에 나가실 것이고 두 분 다 개혁 같은 것에 관심을 갖고 계시니까요. 하지만 아저씨의 진짜 이름을 몰라서 물을 수가 없었어요.

아저씨 이름을 모른다니 세상에서 이보다 더 바보스러운 일이 어디 또 있겠습니까. 리펫 원장은 아저씨가 괴팍하다고 경고했는데, 저도 그렇다고 생각합니다!

아저씨를 사랑하는 주디 올림

추신 : 이 편지를 다시 읽어보니까 스티븐슨 이야기만은 아니군요. 한두 군데에는 저비 도련님에 관해서도 언급했군요.

9월 10일

사랑하는 아저씨께―

그분이 가셨답니다. 이곳 사람들은 그분이 떠난 것을 아쉽게 여겨요! 어떤 사람이든 장소나 생활 방식에 친숙해 있다가 갑자기 그것들과 떨어지게 되면 몹시 공허하거나 쓰라린 기분을 느끼게 되는 법이지요. 셈플 부인과의 대화는 양념을 치지 않은 음식처럼 맛이 없습니다.

2주일 후에는 대학이 개학하게 됩니다. 저는 즐거운 마음으로 다시 공부하게 될 거예요. 이번 여름방학에도 열심히 공부를 했습니다. 단편 여섯 편과 시 일곱 편을 썼어요. 제가 잡지사에 보낸 작품들은 모두 정중한 답장과 함께 신속히 되돌아왔지만 저는 실망하지 않아요. 그것도 아주 좋은 경험이니까요. 저비 도련님도 그것들을 읽었어요. 그분이 우편물을 받았으므로 모르게 할 수가 없었죠. 그런데 그분은 제 작품들이 '아주 엉터리'라고 말했어요. 어느 작품도 제가 말하려는 것을 조금도 나타내지 못했다는 평입니다(저비 도련님은 진실에 대해서는 예의를 차리지 않습니다). 그러나 제일 마지막 작품―대학 생활을 소재로 간단히 스케치한 것―은 나쁘지 않다고 말했습니다. 그분이 직접 타이프를 쳐주어 저는 잡지사에 보냈습니다. 보낸 지 2주일이 되었는데 돌려보내 주지 않는 것을 보니 그 작품을 검토하고 있는 모양이지요.

참 멋있는 하늘이에요! 아주 이상한 오렌지색 빛이 모든 것에 비치고 있어요. 폭풍우가 닥칠 거예요.

* * *

바로 이때 주먹만 한 빗방울들이 쏟아지기 시작하여 덧문들을 후려쳤습니다.

저는 달려가서 창문을 닫아야 했으며, 캐리는 빈 우유통을 한 아름 안고 다락으로 올라가 비가 새는 곳 아래 놓았습니다. 저는 다시 펜을 들고 편지를 쓰려고 하다가 과수원의 나무 밑에 방석, 돗자리, 모자, 매슈 아널드의 시집을 놓고 온 것이 생각나서 쏜살같이 달려가 그것들을 가져왔는데, 벌써 흠뻑 젖어 있었어요. 시집 표지의 빨간색이 속으로 스며들어갔습니다. '도버 해협'은 앞으로 분홍색 파도로 씻기게 될 것입니다.

시골에서는 폭풍우가 오게 되면 아주 야단이 납니다. 밖에 내놓았다가 젖어서 상하게 될 많은 물건들에 바짝 신경을 써야 합니다.

목요일

아저씨! 아저씨! 무슨 일이겠어요? 우체부가 지금 막 편지 두 통을 배달했어요.

첫째 편지―잡지사가 제 소설을 채택했습니다. 50달러를 동봉했어요.

이젠 저도 작가입니다!

둘째 편지 — 대학 당국이 기숙사비와 수업료를 면제해주는 장학금을 저에게 준다는 통지입니다. 이 장학금은 '다른 학과에도 전반적으로 우수하며 특히 작문에 뛰어난 학생'에게 주는 것으로 한 졸업생이 기금을 희사한 것입니다. 그런데 제가 이 장학금을 받게 되었군요! 록 윌로우 농장으로 떠나오기 전에 신청은 하였지만, 1학년 때 수학과 라틴어 성적이 나빠 장학금을 타게 되리라고는 전혀 생각하지 못했어요. 그러나 다른 성적들이 이 약점을 벌충한 모양이지요. 아저씨, 무척 기쁩니다. 왜냐하면 이제 아저씨에게 큰 부담을 덜어드릴 수 있게 되었기 때문입니다. 매달 보내주시는 용돈만 계속 보내주시면 될 것이고 혹시 제 작품이 팔리거나 가정교사나 아니면 다른 일로 용돈도 벌 수 있게 될지 모르겠습니다.

다시 대학으로 돌아가서 공부를 시작하고 싶어 미칠 지경입니다.

항상 아저씨의 벗인 제루샤 애봇 올림
《대학 2학년생이 경기에서 이겼을 때》의 저자.
각 신문 잡지 판매소에서 판매중, 가격 10센트.

9월 26일

친애하는 키다리 아저씨께—

다시 학교로 돌아왔습니다. 이제 상급반 학생이 되었습니다. 우리 공부방은 먼젓번 것보다 더 좋습니다. 남향인데 큰 창문이 두 개나 있어요. 가구들이 기가 막힙니다! 줄리아는 이틀 전에 많은 용돈을 가지고 와서 방 꾸미는 데 열을 올렸습니다.

우리는 벽지도 새로 바르고 동양식 융단과 마호가니 의자도 구했습니다. 이것은 지난번에 우리가 만족해하던 마호가니색을 칠한 의자가 아니라 진짜 마호가니 의자입니다. 새 방은 너무 호화로워서 제가 여기서 지내게 된다는 느낌이 들지 않아요. 잘못하여 잉크를 엎지르지나 않을까 하고 늘 신경을 쓰게 됩니다.

그리고 와보니 아저씨 편지가 와 있더군요. 미안합니다. 아저씨 비서의 편지 말입니다.

아저씨, 왜 제가 장학금을 받지 말아야 하는지 그 이유를 이해할 수 있게 말씀해주시지 않겠습니까? 저는 아저씨가 반대하는 이유를 조금도 짐작할 수 없습니다. 그러나 하여간 제가 이미 장학금을 수락했으므로 아저씨가 반대해야 아무 소용이 없습니다. 저는 절대로 마음을 바꾸지 않을 거예요! 좀 건방지게 들리겠지만 본의는 아닙니다.

아저씨가 저를 교육시키겠다고 결정했을 때 제 교육을 끝까지 책임지고 싶어 했을 거라고 생각해요. 나중에 졸업장을 받는 형태로 유종의 미를 거두려 하셨을 거예요.

그러나 이 문제를 저의 처지에서 잠깐만 생각해보세요. 제가 장학금을 받더라도 아저씨가 제 교육비 전부를 지불해주신 것과 마찬가지로 저는 제 교육을 전부 아저씨에게 빚지게 될 것입니다. 그런데 저는 빚지는 것을 그렇게 좋아하지 않아요. 제가 돈을 돌려주는 것을 아저씨는 원하지 않으신다는 것을 잘 알고 있지만, 저로서는 가능하면 돈을 돌려보낼 참이에요. 그런데 이 장학금을 타게 되어 빚 갚는 일이 훨씬 쉬워졌어요. 제 빚을 다 갚으려면 제 나머지 인생을 전부 소비해야 할 텐데, 이제 나머지 인생의 반만을 소비해도 갚을 수 있게 되었습니다.

제 입장을 이해해주시고 기분 나쁘게 여기지 마시기를 부탁드립니다. 아직 용돈은 아주 감사한 마음으로 받겠습니다. 줄리아와 같이 가구도 사고 하려면 용돈이 필요합니다. 줄리아가 덜 호화롭거나 아니면 저하고 방을 함께 쓰지 않았으면 좋았을 텐데요.

이것은 편지다운 편지도 못 되는군요. 저는 많은 얘기를 하려고 했으나—네 개의 창문 커튼과 세 개의 문 커튼에 술을 붙이고(엉터리 바느질을 보시지 않아서 다행입니다), 치약으로 책상 위에 놓인 놋기구들을 닦고(매우 고된 일입니다), 사진틀을 걸었던 철사줄을 손톱깎이로 자르고 네 개의 상자 속에 든 책을 꺼내 정돈하고, 두 트렁크의 옷을 챙기고(제루샤 애봇이 두 트렁크 가득 옷을 갖고 있다는 것은 믿어지지 않겠지만, 그러나 엄연한 사실입니다), 그 사이사이에 근 50명의 친한 친구들에게 인사를 하기도 했습니다.

개학날은 참 즐거운 날입니다!

아저씨, 안녕히 주무세요. 그리고 아저씨의 병아리가 혼자 힘으로 먹이를 찾으려 한다고 화내지 마십시오. 그녀는 아주 기운찬 작은 암탉으로 성장해가고 있습니다. 아주 또렷하게 꼬꼬댁 하고 울 줄도 알며, 아름다운 깃털도 많이 갖고 있는 작은 암탉으로 말입니다(다 아저씨 덕분이죠).

애정을 다하여 주디 올림

9월 30일

친애하는 아저씨께—

아저씨는 아직도 그 장학금 얘기를 하십니까? 아저씨처럼 그렇게 고집 세고 완고하고 비이성적이고 불독같이 끈질기고 다른 사람의 입장을 이해하지 못하는 사람은 세상에서 처음 봐요. 아저씨는 저더러 모르는 사람들한테 신세를 지지 않는 것이 좋겠다고 말씀하셨죠.

모르는 사람이라구요! 그러면 아저씨는 어떻죠?

아저씨보다 더 모르는 사람이 이 세상에 있을까요? 저는 아저씨를 거리에서 만나도 알아보지 못할 거예요. 아저씨가 괴팍하지 않고 분별력이 있는 사람이라면, 그리고 이 귀여운 주디에게 멋지고 기운을 돋워주는 아버지다운 편지를 보내주었다면, 또한 가끔 여기 오셔서 주디의 머리를 쓰다듬어주면서 참 착하다 하고 말씀해주셨다면 연로하신 아저씨에게 몹쓸 말을 하지 않았을 것이며, 효녀처럼 아저씨의 어떤 뜻에도 복종했을 거예요. 주디는 효녀처럼 되려고 한답니다.

정말 알지 못할 사람이지요! 스미스 씨, 당신은 유리로 만든 집 속에서 사십니다.

그리고 장학금을 받는 것은 신세를 지는 게 아니에요. 이것은 상과 같은 거예요. 제가 열심히 공부해서 타게 된 거예요. 만약 작문에 뛰어난 학생이 없었으면 위원회는 그 장학금을 주지 않았을 거예요. 몇 년 전에도 장학금을 줄 학생이 없어 주지 않은 적이 있대요. 또한―그러나 남자와 논쟁을 벌인다고 무슨 소용이 있겠어요? 스미스 씨, 당신은 논리의 감각이 결여된 부류에 속합니다. 남자를 설득시키는 방법은 단 두 가지가 있습니다. 잘 달래든가 토라지든가 하는 것입니다. 저는 저의 소원을 성취하려고 남자를 달래는 것을 경멸합니다. 그러니 토라지는 수밖에 없습니다.

아저씨, 저는 장학금을 포기하는 것을 거부합니다. 그리고 만약 아저씨가 더 이상 이러니저러니 하시면 매달 보내는 용돈도 받지 않겠습니다. 대신 돌대가리 신입생이나 개인지도하면서 신경쇠약에나 걸릴 것입니다.

이것이 저의 최후 통첩입니다! 자, 들어보세요. 저는 많은 생각을 했습니다. 제가 이 장학금을 받음으로써 다른 학생이 교육받을 수 있는 기회가 상실된다고 걱정하신다면 길이 있어요. 저에게 줄 돈을 존 그리어 고아원의 다른 소녀를 교육시키는 데 쓰실 수 있습니다. 근사한 생각이라고 생각하지 않으세요? 아저씨, 다만 얼마든지 새 소녀를 뽑아 교육시키시되 제발 저보다 더 '좋아하지는' 마세요.

아저씨의 비서가 편지에서 말한 제안들에 대해 전혀 관심을 나타내지 않는다고 비서가 기분 나빠하지는 않을 줄 압니다. 그러나 만약 기분 나쁘게 여겨도 저는 도리가 없습니다. 비서는 떼를 쓰는 아이 같아요. 이제까지는 제가 그의 변덕에 순종했으나 이번에는 저도 굽히지 않을 참이에요.

확고부동하게, 영원히 결심한 제루샤 애봇 올림

11월 9일

친애하는 키다리 아저씨께 —

오늘은 구두약 한 통과 새 블라우스 감과 바이올렛색 크림 한 통, 그리고 캐스틸 비누 한 개 — 모두 절실히 필요한 것들이에요 — 를 사려고 시내로 내려갔습니다. 이젠 이것들 없이는 하루도 행복할 수가 없어요. 그런데 차비를 치르려고 지갑을 찾다가 그것을 다른 코트에 넣어둔 것이 생각났어요. 그래서 내려서 다음 차를 타고 갔다 왔기 때문에 체육 시간에 늦었어요.

건망증에 걸린 사람에게 코트가 두 벌씩이나 있는 것은 난처한 일이겠죠!

줄리아 펜들턴이 크리스마스 방학 때 자기 집에 오라고 초청했어요. 스미스 씨, 어떻게 생각하십니까? 존 그리어 고아원 출신의 제루샤 애봇이 부잣집 식탁에 앉는다는 것이 좀 어색할까요? 줄리아가 왜 저를 초청하는지 잘 모르겠어요. 그애는 요새 저에게 상당히 가까이 오려 해요. 솔직히 말하면 저는 샐리네 집에 가는 것이 훨씬 더 좋아요. 그러나 줄리아가 먼저 초청을 했기 때문에 제가 이번 방학에 어디를 간다면 그것은 워스터가 아니라 뉴욕이 되지 않을 수 없어요. 저는 펜들턴 일가를 한꺼번에 만나게 된다는 것이 두려워요. 새 옷도 여러 벌 장만해야 하고요. 그래서 아저씨, 제가 오히려 대학 기숙사에서 조용히 지내기를 바란다고 아저씨가 편지해 주신다면 늘 그렇듯이 상냥하고 유순하게 복종하겠습니다.

저는 짬짬이 《토머스 헉슬리의 생애와 편지》를 읽고 있어요. 이따금 가볍게 읽을 재미있는 책입니다. 시조새가 무엇인지 아세요? 이것은 새입니다. 그리고 스테레오그나투스는 무엇인지 아세요? 저도 확실히는 몰라요. 그러나 이것은 유인원과 인간 사이에 있었다고 가상하는 동물의 한 종류라고 생각해요. 마치 이빨을 가진 새나 날개를 가진 도마뱀과 같은 것 말이에요. 둘 다 틀려요. 지금 막 책에서 봤어요. 그것은 중생대에 살았던 포유류예요.

이것이 지금 남아 있는 스테레오그나투스의 유일한 그림입니다

이것은 뱀 같은 머리에 개 같은 귀와 소 같은 다리와 도마뱀 같은 꼬리와 백조 같은 날개를 가졌고, 작은 고양이 같은 보드라운 털로 덮여 있어요

저는 이번 학기에는 경제학을 선택했어요. 매우 계몽적인 학문입니다. 저는 이것을 끝낸 뒤에 자선 사업과 사회 개혁에 관한 공부를 하겠습니다. 그것까지 공부하면 이사님, 고아원을 어떻게 운영해야 하는지 알게 되겠지요. 제가 참정권을 갖는다면 훌륭한 유권자가 되리라고 생각하지 않으세요? 저는 지난 주에 스물한 살이 되었어요. 저와 같이 정직하고, 교육을 받은, 양심적이고, 총명한 시민에게 선거권을 주지 않다니 이 나라는 굉장히 낭비적이군요.

항상 아저씨의 벗인 주디 올림

12월 7일

친애하는 키다리 아저씨께―

줄리아네 집 방문을 허락하여주셔서 감사합니다. 침묵을 승낙으로 간주하겠어요.

요사이 우리는 사교의 선풍 속에 휘말려 있어요! 창립 기념 무도회가 지난 주에 있었는데 우리는 올해에 처음으로 이 무도회에 참석할 수 있었어요. 상급반 학생에게만 허락되기 때문이지요.

저는 지미 맥브라이드를 초청하고, 샐리는 오빠의 프린스턴 대학 친구로 지난 여름 샐리네 캠프에서 지낸 남자―빨간 머리를 가졌으며 아주 멋있는 청년이에요―를 초청하고, 줄리아는 뉴욕에서 한 남자를 초청했는데, 줄리아가 초청한 남자는 사교적으로는 나무랄 데가 없었지만 그렇게 멋있는 편은 아니며 데 라 메이터 티체스터 집안과 친척이라고 하니까 아저씨께서도 혹시 아시는 분일지도 몰라요. 저는 도대체 뭐가 뭔지 상상도 못하겠어요. 하여튼 우리 손님들은 금요일 오후 4학년생 휴게실에서 열린 티파티에 참석하기에 알맞은 시간에 왔어요. 티파티가 끝나자 모두들 저녁을 먹으러 호텔로 급히 갔어요. 호텔은 초만원이어서 당구대 위에서 열을 지어 잤대요. 지미 맥브라이드는 다음번에 이 대학의 사교 모임에 오게 될 경우에는 그의 집에 있는 애디론닥스 텐트 하나를 가지고 와서 교정에다 치겠다고 말합니다.

    7시 반에 그들은 총장이 베푸는 환영회와 무도회에 참석하려고 다시 대학으로 돌아왔습니다. 우리 대학의 파티는 일찍 시작해요! 우리는 미리 남자들의 이름을 알아두고 춤이 끝날 때마다 남자 파트너를 그들의 이름을 대표하는 첫 글자로 표시된 곳에 모이게 합니다. 그러면 다음 여자 파트너가 그들을 쉽게 찾아볼 수 있습니다. 예를 들면 지미 맥브라이드는 춤 요청을 받을 때까지 M자로 표시된 곳에서 꼭 기다려야 했습니다(적어도 그는 참고 서 있어야 했는데 자꾸 돌아다니면서 R자나 S자 또는 다른 글자의 그룹에 끼어들었습니다). 그는 매우 다루기 힘든 손님이더군요. 저하고 세 번밖에 춤을 추지 못했다고 시무룩해 있었어요. 그는 모르는 여자와 춤을 추게 되면 수줍어진대요!

    다음날 오전에는 합창단 공연이 있었어요. 그런데 이 행사를 위해 작곡한 재미있는 노래를 누가 작사했는지 아세요? 제가 지었어요. 이것은 사실입니다. 아저씨, 아저씨의 작은 고아는 점점 유명한 사람이 되고 있어요!

    하여간 우리 여학생들은 이틀 동안 아주 재미있게 지냈어요. 제가 보기에는 남자들도 즐거웠으리라 생각해요. 어떤 남자들은

1천 명의 여학생과 만나게 될 것을 생각하여 몹시 불안해했으나 금세 익숙해졌어요. 우리의 두 프린스턴 대학생들도 재미있게 지냈어요. 적어도 그렇다고 말했어요. 그리고 그들은 내년 봄에 있을 그들의 무도회에 우리를 초청했어요. 우리는 승낙했어요. 아저씨도 그러니까 반대하지 마세요.

줄리아와 샐리, 그리고 저도 모두 새 옷을 장만했습니다. 그 옷 얘기를 들으시겠습니까? 줄리아의 옷은 크림빛 새틴에 금실로 수를 놓은 것인데, 그애는 가슴에 자주색 난초를 달았어요. 이 옷은 파리에서 주문한 것인데 1백만 달러는 주었다나 봐요. 아주 '꿈'과 같이 아름다워요. 샐리의 옷은 페르시아 수로 장식한 연한 하늘색인데 그애의 빨간 머리와 잘 어울렸어요. 이 옷은 1백만 달러는 주지 않았으나 줄리아의 옷만큼은 효과가 있었어요.

제 옷은 연한 핑크색 크레프 데상에 자색 레이스와 장밋빛 새틴으로 장식한 것입니다. 저는 거기에 지미 맥브라이드가 보내준 진홍색 장미를 달았어요(샐리가 미리 그에게 꽃 빛깔을 지시해주었죠). 그리고 우리 셋은 모두 옷에 어울리게 시폰 스카프를 두르고 새틴 무도화와 명주 양말을 신었어요. 이렇게 여자 장신구에 별의별 것이 다 있다는 사실에 대해 아저씨는 분명히 강한 인상을 받았을 테죠.

아저씨, 남자들한테는 시폰이니 베네치아 레이스니 수예니 크로셰 뜨개질이니 하는 말들이 아주 공허하게 들릴 것을 생각해보면 남자의 생활이란 얼마나 무미건조할까 하고 생각하지 않을 수 없군요. 반면에 여자는—아기나 남편에 관심이 있든 시나 미생물, 아니면 하인이나 평행사변형이나 정원이나 플라토나 브리지(plato or bridge : 카드 놀이의 일종)에 관심이 있든—근본적으로 항상 옷에 관심이 있습니다.

이 인간 공통의 감정 때문에 전 세계 사람이 동포가 될 수 있는 거예요(이것은 제가 만든 말이 아니라 셰익스피어의 극 중에서 인용한 것입니다).

그건 그렇다 하고 다시 계속하겠어요. 제가 최근에 발견한 비밀을 말해드릴까요? 그리고 제가 허영심이 많은 여자라고 생각하지 않겠다고 약속하시겠어요? 그러면 들어보세요.

저는 예뻐요.

저는 정말 예쁩니다. 제 방에 거울을 셋이나 걸어놓고도 제가 예쁜 것을 지금까지 알지 못했다니 저도 엄청난 바보죠!

한 친구로부터

12월 20일

친애하는 키다리 아저씨께—

저는 두 시간의 수업을 마친 뒤 트렁크 한 개와 옷가방 한 개를 꾸리고 4시 기차를 타야 하기 때문에 조금밖에 시간이 없습니다. 그러나 보내주신 크리스마스 선물에 대해 제가 얼마나 감사하는지를 알려드리지 않고 떠날 수는 없습니다.

 모피 외투며 목걸이며 리버티 스카프며 장갑이며 손수건이며 책이며 지갑 등 보내주신 것 모두가 마음에 쏙 들어요. 그러나 가장 마음에 드는 것은 아저씨예요! 그러나 아저씨, 저를 이렇게 허영에 들뜨게 해서는 안 될 텐데요. 저도 인간입니다. 또한 나이 어린 소녀구요. 아저씨가 이렇게 경박한 세속적인 것으로 저를 탈선시키면 제가 어떻게 탐구적인 생활에 제 마음을 굳세게 묶어둘 수 있겠어요?

 이제 존 그리어 고아원의 어느 이사님이 왜 크리스마스 트리와 일요일마다 먹는 아이스크림을 주었는지 짐작할 만도 해요. 그분의 이름은 알 수 없지만 그분이 하시는 일을 보아 그분을 알 수 있어요! 아저씨는 그렇게 많은 선행을 하셨으니 꼭 큰 복을 받으실 거예요.

 안녕, 그리고 아주 즐거운 크리스마스를 보내세요.

항상 아저씨의 벗인 주디 올림

 추신 : 저는 작은 인사의 표시를 보냅니다. 아저씨는 주디를 알았다면 그녀를 좋아할 거라고 생각하세요?

1월 11일

 아저씨, 뉴욕에서 편지를 하려고 했는데 그 도시는 사람의 마음을 너무나 사로잡더군요.

 저는 재미있고 유익한 시간을 보냈지만, 그러나 제가 그런 집안에서 태어나지 않았다는 것이 천만다행이에요! 저는 차라리 존 그리어 고아원 출신인 게 더 나으리라고 생각해요. 저의 성장 과정에 결함이 많다 하더라도 거기에 허세는 조금도 없습니다. 저는 이제 사람들이 물건에 짓눌린다고 말하는 뜻을 알겠어요. 그 집의 물질적 분위기는 사람을 압도하는 그런 것이었습니다. 저는 돌아오는 급행 열차를 타고서야 안도의 숨을 내쉬었어요. 모든 가구가 조각을 한 것이며 장식을 한 호화로운 것이었어요. 제가 만난 사람들은 아름다운 옷을 입고 낮은 목소리로 말하며 교양이 있었습니다. 그러나 아저씨, 제가 그곳에 도착해서부터 떠날 때까지 진심어린 얘기는 한 마디도 들어보지 못했어요. 이것은 정말입니다. 사상 같은 것은 그 집 문 안으로 하나도 들어가지 않았나 봐요.

 펜들턴 부인은 그저 보석과 재봉사와 사교 약속만을 생각하나 봐요. 줄리아의 어머니는 맥브라이드 부인과는 아주 다른 종류의 어머니예요! 만약 제가 결혼하여 가족을 갖게 된다면 가능한 한 맥브라이드네처럼 되게 할 참입니다. 저는 억만장자가 된다 해도 제 아이들은 펜들턴 애들처럼 기르지는 않겠어요. 남의 집에 초대되어 갔다 와서 그 집 사람을 흉보는 것은 예의에 어긋날지 모르겠어요.

만약 예의에 어긋난다면 용서해주세요. 이 얘기는 아저씨와 저만의 비밀로 해요.

저비 도련님은 차 마실 시간에 꼭 한 번 만나뵙고 단둘이서 얘기할 기회는 갖지 못했어요. 지난 여름에는 참 재미있게 지냈는데, 이번에는 좀 실망했어요. 제가 보기에는 그분은 친척에게는 별 관심이 없나 봐요. 그리고 그 친척들도 그분에게 별 관심이 없는 것이 분명해요! 줄리아 어머니는 그분이 좀 돌았다고까지 말해요.

그분은 사회주의자입니다. 다행히도 머리를 기르거나 빨간 넥타이를 맨다든가 하는 일과는 거리가 멉니다. 부인은 그분이 어디서 그런 괴상한 사상을 주워 담았는지 모르겠대요. 그 집안은 대대로 영국 교회 신도인데요, 그분은 요트나 자동차나 폴로나 말에 돈을 쓰지 않고 미친놈의 개혁이니 뭐니 하는 것에 돈을 뿌린대요. 그러나 그분은 캔디도 살 줄 아는 걸요. 그분이 줄리아와 저에게 크리스마스 선물로 캔디 한 상자씩을 보내주었는 걸요.

저도 사회주의자가 되려고 생각합니다. 아저씨, 괜찮겠지요? 사회주의자는 무정부주의자와는 많이 달라요. 사회주의자들은 폭탄을 던지지는 않아요. 저도 사회주의자가 될 권리가 있다고 생각해요. 저는 프롤레타리아니까요. 그래도 저는 아직까지 어떤 종류의 주의자가 될 것인지는 결정짓지 않았어요. 일요일 하루 종일토록 이 문제를 면밀히 검토한 후 다음 편지에서 제 주의를 선언하겠습니다.

저는 뉴욕에서 많은 극장이며 호텔이며 아름다운 저택들을 보았습니다. 지금 제 마음은 도금이니 모자이크로 된 바닥이니 종려나무니 하는 것들로 크게 혼란스럽습니다. 아직도 흥분이 가라앉지 않았지만 학교에 다시 돌아와 책을 읽을 수 있게 되어 정말 기쁩니다.

저는 정말 학생인가 봐요. 뉴욕보다 학원의 조용한 분위기를 훨씬 더 좋아하니까요. 대학 생활이란 매우 마음을 만족시켜주는 생활입니다. 책과 공부 및 강의들이 학생들의 정신을 활발하게 해 줍니다. 그러다가 정신이 피곤해지면 체육관이나 운동장에 나가 운동을 할 수 있습니다. 또한 비슷한 생각을 갖고 있는 마음 맞는 친구들이 있어 어느 때나 대화를 나눌 수가 있지요. 우리는 저녁 내내 이야기꽃을 피우다가 마치 우리가 긴박한 세계 문제들을 완전히 해결했다는 듯이 매우 고양된 기분을 느끼며 잠자리에 듭니다. 또한 짬이 날 때마다 하찮은 애기들을 지껄여댑니다. 이것은 그저 그때그때 생각나는 사소한 일들에 관한 우스운 농담들입니다만, 우리는 매우 즐겁습니다. 우리는 우리의 재담에 스스로 감탄하고 있습니다.

무엇보다도 중요한 것은 커다란 기쁨들이 아니라 작은 기쁨들에서 많은 기쁨을 만들어내는 것입니다. 아저씨, 저는 행복의 비결을 발견했어요. 그것은 '현재'를 사는 거예요. 과거를 영원히 후회하거나 미래를 기대하는 것이 아니라 바로 이 순간에서 가능한 최대의 것을 얻는 것입니다. 그것은 농업과 같습니다. 많이 경작하는 것에 중점을 둔 조방농업과 작은 면적에서 많이 생산하려는 집약농업이 있듯이 저는 알차게 사는 집약적 생활을 하려고 해요. 저는 모든 순간을 즐기려고 하며, 제가 모든 순간을 즐기면서 그렇게 즐기고 있음을 알려고 해요. 많은 사람들은 사는 것이 아니라 그저 경주를 하고 있어요. 그들은 지평선 저 멀리에 있는 어떤 목표에 도달하려고 하며, 그곳으로 달려가는 동안 너무나 숨이 차서 그들이 지나가는 아름답고 조용한 시골 풍경을 감상하지 못해요. 그러다가 그들이 처음으로 알게 되는 것은 그들이 늙고 지쳐버렸다는 사실과 이제 그들이 목표에 도달하든 도달하지 못하든 상관없게 되었다는 것입니다. 저는 위대한 작가가 못 될지라도 길가에 앉아서 작은 행복들을 많이 음미하기로 결정했습니다. 아저씨는 제가 이런 여자 철학가가 된 것을 모르셨지요.

항상 아저씨의 벗인 주디 올림

추신 : 오늘 밤 비가 억수같이 퍼붓고 있습니다. 강아지 두 마리와 고양이 새끼 한 마리가 지금 막 창문턱에 올라왔습니다.

친애하는 동지에게—

만세! 저도 페이비언입니다.

그것은 점진적 사회주의자입니다. 우리는 사회 개혁이 내일 아침 당장 일어나기를 바라지 않습니다. 그렇게 되면 너무 혼란해집니다. 사회 개혁이 우리 모두의 준비가 완료되어 충격을 감당할 수 있을 먼 장래에 서서히 이루어지기를 원합니다. 그때까지 우리는 산업, 교육 그리고 고아원 등 제 분야에서 개혁을 추진함으로써 준비를 하지 않으면 안 됩니다.

월요일 3교시에 동지애를 가지고 주디 올림

2월 11일

아저씨께—

이 편지가 너무 짧다고 기분 나쁘게 생각하지 마세요. 이것은 편지가 아니라, 곧 시험이 끝나는 대로 편지를 쓰겠음을 알리는 간단한 통지서입니다. 시험을 그저 치르는 것이 아니라 우수한 성적을 내야겠습니다. 장학생답게 말입니다.

열심히 공부하는 J. A. 올림

3월 5일

친애하는 키다리 아저씨께 —

카일러 학장이 오늘 저녁에 현대 청년의 경박성과 천박성에 관해 연설을 했습니다. 학장은 오랫동안 전해 내려오던 이상인 진지한 노력과 진정한 학구적 태도를 우리가 상실해가고 있다고 지적하면서 이러한 기풍의 쇠퇴는 기존 권위에 대한 불손한 태도에서 현저히 나타난다고 연설했습니다. 젊은이들이 옛날처럼 윗사람에게 적절한 경의를 나타내지 않는다는 것입니다.

저는 상당히 심각해져서 채플을 나왔습니다.

아저씨, 제가 너무 버릇없습니까? 저도 아저씨에게 더 정중하고 예절을 갖추어 대해야 합니까? 네, 그래야 할 줄 압니다. 편지를 다시 쓰겠습니다.

* * *

스미스 씨 귀하

저는 학기말 시험에서 우수한 성적을 획득하고 이제 새 학기의 공부를 시작한 기쁜 소식을 알려드립니다. 화학은 수료했으며 새로 생물학을 공부합니다. 생물학 시간에는 지렁이와 개구리를 해부한다는 얘기를 들었으므로 이 과목 선택을 좀 주저했습니다.

지난 주 채플 시간에 남부 프랑스에 있는 로마 사람들의 유적에 관해 아주 재미있고 가치 있는 강의를 들었습니다. 이 문제에 관해서 이렇게 명쾌한 설명은 처음 들었습니다.

국문학 강좌의 부교재로 워즈워스의 〈틴턴 수도원〉을 읽고 있습니다. 이것은 참 정교한 작품이며 범신론에 대한 그의 생각이 매우 적절히 표현되어 있습니다. 셸리, 바이런, 키츠, 워즈워스와 같은 시인의 작품으로 대표되는 19세기 초기의 낭만주의 운동이 저에게는 그 이전의 고전주의 운동보다 훨씬 더 마음에 듭니다. 시 얘기가 나왔으니까 물어보겠는데요. 소위 〈록슬리 홀〉이라는 테니슨의 매력적인 소품을 읽어보셨는지요?

저는 최근 체육 시간에 결강하지 않고 있습니다. 학생 감사제도가 개정되어 규칙을 준수하지 않으면 많은 불편을 겪게 됩니다. 체육관에는 시멘트와 대리석으로 만든 아주 근사한 수영장이 설치되어 있습니다. 이것은 졸업생이 희사한 것입니다. 저와 같은 방을 쓰는 맥브라이드 양이 그녀의 수영복을 저에게 주었습니다 (그것이 줄어들어 그애가 더 입을 수 없게 되었답니다). 저도 수영 강습을 받기 시작할 겁니다.

어젯밤에는 디저트로 맛있는 핑크색 아이스크림을 먹었습니다. 음식물을 착색하는 데에는 식물성 염료가 사용됩니다. 대학 당국은 심미적·위생적 이유 때문에 아닐린 염료의 사용을 강력히 반대합니다.

최근 기후가 이상적입니다. 햇살이 화창하게 비치고 있고 가끔 구름이 끼어 기분 좋은 눈보라를 날려줍니다. 저와 같은 방의 친구들은 기숙사와 강의실 사이의 산책을 즐기고 있습니다. 특히 강의실에서 기숙사로 올 때의 산책은 즐겁습니다.

    친애하는 스미스 씨, 귀체 건강하실 줄 믿으면서.

제루샤 애봇 올림

4월 24일

아저씨께 —

또다시 봄이 왔습니다! 캠퍼스가 얼마나 아름다운지 아세요? 아저씨도 오셔서 보셨으면 좋겠어요. 저비 도련님은 지난 금요일 또 들렀어요. 그런데 그분은 아주 좋지 않은 때 오셨어요. 왜냐하면 샐리와 줄리아, 그리고 제가 기차를 타러 가기 위해 막 뛰어나가던 참이었거든요. 그런데 우리가 어딜 가려고 했는지 아세요? 괜찮으시다면 말씀드리죠. 우리는 무도회에 참석하고 운동시합 구경을 하기 위해 프린스턴 대학으로 가려던 참이었어요. 제가 아저씨한테 가도 좋은지를 묻지 않은 것은 틀림없이 비서가 안 된다

고 말할 것 같았기 때문이에요. 그러나 아주 질서 정연했어요. 우리는 학교 당국에서 외출 허가를 받았고 또한 맥브라이드 부인이 따라갔어요. 우리는 아주 즐거웠어요. 그러나 자세한 것은 생략해야겠어요. 재미있는 일이 너무나 많고 복잡해서요.

토요일

날이 밝기 전에 일어났어요! 야간 경비원이 우리 여섯을 깨워 주었습니다. 우리는 일어나자마자 허둥지둥 커피를 끓여 마시고 (이렇게 찌꺼기가 많은 것을 보지는 못했을 거예요!) 해 뜨는 것을 보기 위해 원 트리 힐 꼭대기까지 2마일을 걸어갔어요. 마지막 비탈길은 기어 올라가지 않을 수 없었어요! 조금만 늦었다면 해한테 질 뻔했지요! 우리가 아침 먹으러 돌아왔을 때 밥맛이 없었을 거라고 생각하지는 않으시겠죠!

그런데 아저씨, 오늘 제 편지가 너무 감탄적이지요? 오늘 편지에는 감탄 부호가 많이 뿌려져 있군요.

저는 오늘 새싹이 올라오는 나무, 운동장에 석탄재를 깔아 만든 새 경주로, 생물 시간에 있었던 무서운 일, 호수에 띄워놓은 새 카누, 캐서린 프렌티스가 기관지염에 걸린 일, 프렉시네 앙골라 고양이 새끼가 집을 잃어 2주째 퍼거슨관에서 살다가 하녀한테 발견된 얘기, 새 옷 세 벌을 맞춘 일—흰색과 핑크색, 그리고 하늘

이것이 프렉시네 고양이 새끼입니다.
이 그림을 보면 어떤 앙골라인지 짐작이 갈 거예요.

색 물방울 무늬가 있는 것인데 이것에 어울리는 모자도 있어요— 등에 관해 길게 쓰려고 했는데 너무 졸려요. 제가 늘 졸립다는 핑계를 대지요. 그렇죠? 그러나 여자 대학은 너무나 바쁜 곳이어서 일과가 끝날 때면 피곤해집니다! 특히 새벽에 일어났을 때는 더 그렇지요.

사랑을 보내면서 주디 올림

5월 15일

친애하는 키다리 아저씨 —

전차를 탔을 때 앞만 보고 다른 사람을 보지 않는 것은 좋은 태도입니까?

오늘 매우 아름다운 벨벳 옷을 입은 아름다운 숙녀가 전차에 탔는데 15분 동안 아무 표정 없이 양복바지 멜빵을 선전하는 광고만을 보고 있었습니다. 마치 그 자리에서 자기만이 중요한 사람인 듯이 모든 사람을 모르는 체하는 것은 예절 바르지 못한 듯해요. 하여간 그렇게 하면 많은 것을 놓치게 됩니다. 그 여자가 하찮은 광고에 정신을 팔고 있을 동안 저는 전차 안에 꽉 찬 모든 흥미 있는 사람들을 관찰하고 있었어요.

동봉한 그림은 처음으로 공개하는 것입니다. 이것은 줄 끝에 거미를 매단 것 같이 보이겠지만 전혀 다른 것입니다. 이것은 제가 체육관 수영장에서 수영을 배우고 있는 그림입니다.

수영 교사가 제 벨트의 뒤쪽에 붙은 고리에 밧줄을 걸고 그 밧줄을 천장에 단 도르래를 통해서 잡아당깁니다. 만약 교사의 신뢰성을 완전히 확신한다면 이것은 멋진 방법이 될 것입니다. 그러나 저는 늘 교사가 줄을 풀어버리지 않을까 무서워서 한 눈으로는 걱정스럽게 교사를 보고 다른 눈으로 수영을 합니다. 이렇게 관심이 분산되기 때문에 수영이 늘지를 않아요. 만약 그렇지 않았더라면 수영이 늘었을 텐데요.

　요즘 날씨는 아주 변덕이 심해요. 제가 편지를 쓰기 시작했을 때는 비가 왔는데 지금은 해가 났어요. 샐리와 저는 테니스하러 나갈 참이에요. 그렇게 하면 체육관에는 가지 않아도 돼요.

일주일 후

　이 편지를 오래전에 끝냈어야 했는데, 아직 끝내지 못했군요. 아저씨, 제가 아주 규칙적으로 편지를 쓰지 않아도 괜찮지요. 안 그래요? 아저씨한테 편지 쓰는 것을 정말 좋아해요. 그것은 저에게 가족이 있다는 뽐내고 싶은 느낌을 갖게 해주니까요. 무슨 얘기를 해드릴까요?

　제가 편지를 쓰는 남자는 아저씨만이 아니에요. 두 남자가 더 있어요! 올 겨울부터 저비 도련님한테서 아름답고 긴 편지들을 받고 있어요(제 주소를 타이프로 치기 때문에 줄리아가 글씨를 알아볼 수 없지요). 참 놀라운 얘기죠?

또한 거의 매주 노란 편지지에 몹시 흘려 쓴 서한이 프린스턴에서 옵니다. 저는 이 편지들에게 사무적으로 신속히 회답해줍니다. 그러니까 아셨죠, 제가 다른 여학생들과 크게 다르지 않다는 걸요. 저도 편지를 받으니까요.

제가 졸업반 연극부원으로 선출되었다는 얘기를 했던가요? 매우 우수한 학생들이 모인 그룹이에요. 1천 명 중에서 겨우 75명이 뽑혔으니까요. 아저씨는 철저한 사회주의자로서 제가 가입해야 한다고 생각하십니까?

제가 현재 사회학의 어느 부분을 공부하고 있는지 아시겠어요?(알아맞혀보세요.) 저는 지금 무의탁 아동 보호에 관한 논문을 쓰고 있습니다. 교수님이 이런저런 주제를 뽑아서 되는 대로 나누어주었는데, 그 제목이 저에게 떨어졌어요. 참 우습지요?

저녁 식사 종이 울립니다. 식당으로 가는 길에 이것을 우체통에 넣을게요.

사랑하는 J. 올림

6월 4일

아저씨께 ―

매우 바쁩니다. 열흘 후에는 졸업식이 있고 내일은 시험이 있어요. 공부할 것도 많고 짐 꾸릴 것도 많고 바깥 세계는 너무나 아름다워 방구석에 틀어박혀 있기가 괴롭습니다.

그러나 걱정 마세요. 곧 방학이 됩니다. 줄리아는 이번 여름 방학에 외국 여행을 한대요. 이것이 네 번째 해외 여행이래요. 아저씨, 재산은 균등하게 분배되지 않는 법이에요, 그렇죠? 샐리는 전과 같이 애디론닥스 산맥으로 가요.

그러면 저는 어디로 가겠어요? 아저씨는 세 가지를 생각하실 거예요. 록 윌로우 농장 아니냐구요? 틀렸습니다. 샐리와 함께 애디론닥스 산맥으로 간다구요? 틀렸습니다(저는 거기 갈 생각은 다시 안 할 거예요. 작년에 이미 거절당한 경험이 있으니까요). 다른 것은 짐작할 수 없겠습니까? 그러면 아저씨도 머리가 아주 좋은 편은 아니시군요.

아저씨가 여러 가지 반대하시는 말씀을 하지 않겠다고 약속하시면 알려드리겠어요. 저는 아저씨의 비서에게 제 마음은 이미 결정되어 있다고 미리 경고하겠습니다.

올 여름 저는, 해변가에 있는 찰스 패터슨 부인 별장에 가기로 했습니다. 올 가을 대학에 들어가는 부인의 딸을 개인 지도할 예정입니다.

맥브라이드네를 통해 그 부인을 알게 되었는데 아주 좋은 부인입니다.

저는 그 부인의 둘째 딸에게도 영어와 라틴어를 가르치지만 시간도 조금은 가질 수 있게 되고 더구나 한 달에 50달러를 벌게 됩니다! 아저씨는 그 돈이 엄청난 액수라고 생각하지 않으세요? 저는 25달러 이상 달라고 요구할 염치가 없었는데, 부인이 그만큼 주겠대요.

저는 9월 1일 매그놀리아(그 부인의 집이 있는 곳)를 떠나게 되므로 나머지 3주일은 록 윌로우 농장에서 보낼까도 해요. 저는 셈플네 식구와 그곳의 동물 친구들을 다시 보고 싶어요.

아저씨, 제 계획을 어떻게 생각하세요? 이제 저는 상당히 독립했지요. 아저씨가 저를 홀로 서게 해주셔서 이제 저는 혼자서 걸을 수 있을 것 같아요.

아주 공교롭게도 프린스턴 대학의 졸업식과 우리 대학의 시험이 꼭 같은 날이었습니다. 샐리와 저는 프린스턴의 졸업식에 무척 가고 싶어 했으나 아주 불가능해졌습니다.

아저씨, 안녕. 여름을 즐겁게 보내시고 또 한 해를 열심히 공부하기 위해 쉬셨다가 가을에 다시 오세요(이것은 아저씨가 저한테 편지할 말씀이지요). 아저씨는 여름을 어떻게 보내는지 또 아저씨의 취미는 무엇인지 저는 전혀 짐작도 못 하겠어요. 저는 아저씨의 환경을 상상할 수 없으니까요. 아저씨는 골프를 치나요? 아니면 사낭을 하거나 말을 타나요? 그도 아니면 그저 햇볕에 앉아 사색을 즐기시나요? 하여간 어떻게 보내시든 간에 즐겁게 보내시고 주디를 잊지 마세요.

6월 10일

아저씨께―

이 편지는 제가 쓴 편지 중 가장 쓰기 어려운 편지입니다. 그러나 저는 써야 한다고 결정했으므로 번복하는 일은 있을 수 없습니다. 이번 여름에 저를 유럽 여행에 보내시고 싶으시다니 너무나 고맙고 또 솔깃했어요. 한순간 유럽 여행에 대한 생각으로 도취되어 있었습니다. 그러나 다시 냉정히 생각하여 그 제의는 수락하지 않기로 결정했습니다. 아저씨로부터 학비 받기를 거절한 뒤에 그저 놀기 위해 아저씨 돈을 쓴다면 이치에 맞지 않을 것입니다!

아저씨는 저를 너무 지나친 사치의 길로 이끌어서는 안 됩니다. 사람은 한 번도 가져보지 않은 것은 갖고 싶어하지 않지만, 기본 권리로서 어떤 것을 그의 것 혹은 그녀의 것(영어는 두 가지 성을 모두 나타낼 수 있는 대명사가 필요합니다)이라고 생각하고 난 후에 그것 없이 지내기는 몹시 괴로운 법입니다. 샐리와 줄리아와 함께 사는 것도 금욕적인 철학을 갖고 있는 저에게는 매우 큰 시련이 되고 있습니다. 이애들은 어릴 때부터 여러 가지를 갖고 자랐기 때문에 행복을 당연한 것으로 받아들여요. 그들은 그들이 원하는 모든 것을 세상이 그들에게 줄 의무가 있다고 생각하죠. 아마도 그것이 사실인가 봐요. 하여간 세상은 그들에게 진 빚을 갚고 있는 듯싶습니다. 그러나 저의 경우에 세상은 저에게 빚진 것이 없고 처음부터 그렇다고 분명히 저에게 일러주었습니다. 저는 신용 대부를 받을 권리가 없습니다. 왜냐하면 언젠가는 세상이 저의 요구를 거절할 날이 올 테니까요.

은유의 바다에서 허우적거리고 있는 듯합니다. 아저씨께서 제가 말하려는 뜻을 헤아려주시기 바랍니다. 하여간 저로서는 올 여름 방학에 가정교사 노릇을 하여 제 생활비를 버는 것이 제가 할 수 있는 유일한 올바른 일이라고 매우 절실히 느끼고 있습니다.

매그놀리아에서 나흘 후에

바로 여기까지 썼을 때—무슨 일이 생겼는지 아세요? 하녀가 저비 도련님의 명함을 가지고 왔습니다. 그분도 올 여름에 외국 여행을 하신대요. 줄리아 가족과 함께 가는 것이 아니라 그분 혼자서 가신대요. 저는 아저씨가 저에게 가이드를 따라 유럽 여행을 다녀오라고 권유했다는 이야기를 그분에게 말했습니다. 그분이 아저씨에 대해서 아신대요. 그래서 우리 부모가 돌아가시고 친절한 신사분이 저를 대학에 보내주신다는 것도 알아요. 저는 그분에게 존 그리어 고아원과 기타 이야기들까지 말할 용기는 없었습니다. 그분은 아저씨가 저의 보호자이며 완전히 합법적인 우리 집의 오래된 친구인 줄로 알고 있습니다. 저는 그분한테 아저씨를 모르는 분이라고 말하지 않았습니다. 그렇게 말하면 이상해 보일 테니까요!

하여간 저비 도련님 역시 저에게 유럽에 가라고 고집했습니다. 그것이 교육상 필요하다고 말씀했으며 제가 거절할 생각을 가져서는 안 된다고 말씀했습니다. 또한 그분도 같은 시간에 파리에 있게 될 것이므로, 때때로 보호자로부터 빠져나와 멋있고 재미있는 외국 식당에서 식사를 함께 나누자고 말했습니다.

아저씨, 이 제안은 정말 제 마음을 크게 흔들었습니다! 저는 거의 넘어갈 뻔했습니다. 만약 그분이 지나치게 독재적으로 나오시지만 않았다면, 저는 완전히 넘어갔을지도 모릅니다. 저는 한 걸음 한 걸음 꾀어들어갈 수는 있지만 강요당하는 것은 '죽어도' 싫어요. 그분은 저를 우둔하고 바보스럽고 비이성적이고 돈키호테 같고 백치 같고 고집불통의(이것은 그분이 욕할 때 쓴 형용사 중 일부입니다. 나머지는 기억나지 않아요) 아이라고 말했습니다. 또한 저더러 무엇이 유익한지 판단하지 못한다고 비난하더군요. 나이 드신 분에게 판단을 내리게 해야겠어요. 우리는 거의 말다툼을 했습니다. 아니, 진짜 말다툼을 했어요.

하여간 저는 트렁크를 챙겨가지고 이곳에 와버렸어요. 저는 이 편지를 끝내기 전에 근처에 있는 다리들이 불타버려 다시 돌아갈 수 없게 되기를 바랐어요. 이제 완전히 타버려 재가 되어버렸습니다. 저는 이곳 클리프 탑(패터슨 부인의 별장 이름)에 여장을 풀고 벌써 플로렌스를 가르치고 있습니다. 그애는 제1격 명사변화와 씨름을 하고 있습니다. 고생을 좀 해야 될 것 같습니다! 그 애는 응석을 부리며 자란 애 중에서도 아주 보기 드문 애입니다. 공부하는 법부터 가르쳐주어야겠습니다. 그애는 아이스크림, 소다수 먹는 것보다 더 힘든 것에는 이제까지 한 번도 정신을 집중해본 적이 없습니다.

우리는 절벽의 구석 쪽을 교실로 쓰고 있습니다. 패터슨 부인은 제가 딸들을 데리고 야외로 나가기를 바라고 있습니다. 그렇지만 푸른 바다가 보이고 거기에 배들이 지나가기 때문에 정신을 집중하기 힘든 것은 오히려 '제 쪽'입니다. 더구나 저도 배를 타고 먼 나라로 가고 있었을지도 모른다고 생각하면……. 그러나 저는 라틴어 문법 이외의 것은 생각하지 않으렵니다.

전치사 a나 ab, absque, coram, cum, de, e나 ex, prae, pro, sine, tenus, in, subter, sub, super 등은 탈격(奪格)을 지배한다.

아저씨, 그러니까 제가 제 눈에 들어오는 유혹을 계속 물리치면서 일을 열심히 하고 있음을 보실 수 있겠지요. 제발 저한테 화내지 마세요. 그리고 제가 아저씨의 친절에 감사하지 않는다고 생각하지 마세요. 저는 항상, 항상 감사하고 있으니까요. 제가 아저씨한테 보답할 수 있는 유일한 길은 제가 '매우 쓸모 있는 시민'이 되는 것입니다(여자도 시민입니까? 그렇지 않은 것 같아요). 하여간 저는 '매우 쓸모 있는 사람'이 되겠습니다. 그러면 아저씨는 저를 바라보면서 "내가 '매우 쓸모 있는 사람'을 세상에 길러냈다"고 말할 수 있을 거예요.

아저씨, 이 말은 참 멋지죠? 그러나 저는 아저씨를 속이고 싶지 않아요. 제가 전혀 뛰어난 사람이 아니라는 느낌이 가끔 엄습해와요. 생애를 설계하는 일은 재미있지만 제가 다른 평범한 사람과 조금이라도 달라질 가능성은 희박해요. 저는 기업가에게 시집가서 그의 일이나 도와주게 될지도 몰라요.

항상 아저씨의 벗인 주디 올림

8월 19일

친애하는 키다리 아저씨께—

창밖으로 아름다운 전망이 펼쳐져 있습니다. 바다 경치라고 말해야 정확하겠는데요. 물과 바위뿐입니다.

여름이 거의 다 가고 있습니다. 오전에는 두 돌대가리 소녀에게 라틴어와 국어 그리고 대수를 가르칩니다. 과연 매리언이 대학에 들어가게 될지 의문이며 또한 그애가 들어간다 하더라도 대학에서 견뎌낼 것인지도 의문입니다. 그리고 플로렌스는 가망이 없어요. 그러나 어린것이 참 예쁘게 생겼어요! 예쁜 여자애들은 정말 머리가 나쁜지의 여부는 별 문제가 되지 않는다고 생각해요. 그러나 그들의 대화가 남편들을 얼마나 지루하게 할까 하고 생각하지 않을 수 없어요. 물론 운 좋게 돌대가리 남편을 만나면 괜찮겠지만 말이에요. 제 생각에는 그렇게 될 게 십중팔구일 것 같아요. 세상은 돌대가리 남자들로 가득 차 있으니까요. 저도 올 여름에 많이 만나보았어요.

오후에는 절벽 위를 산책하거나 물결이 잔잔하면 수영도 합니다. 저는 바닷물에서는 아주 쉽게 수영을 할 수 있습니다. 아저씨, 그동안 수영 교습이 헛되지 않았다는 것을 아시겠죠!

저비스 펜들턴 씨가 파리에서 편지를 했어요. 짧고 간결한 편지예요. 제가 그분의 충고를 따르지 않은 것을 완전히 용서하지 않고 있어요. 그러나 만약 그분이 시간 맞춰 오신다면, 개학 전에 록 윌로우 농장에 며칠 와서 저를 만나준다면, 그리고 제가 아주 상냥하고 유순하게 대해준다면, 저는 다시 그분의 마음에 들게 되겠지요(편지를 보니까 자꾸 이렇게 생각되는데요).

샐리한테서도 편지가 왔습니다. 그애는 저더러 9월에 2주일 동안만이라도 자기네 캠프장으로 와주었으면 좋겠다고 말했어요.

제가 아저씨의 허락을 요청해야 될까요? 여전히 제가 가고 싶은 곳을 제 마음대로 갈 수 있는 시기가 안 되었습니까? 아니, 저는 그런 시기가 되었다고 확신해요. 아저씨도 아시다시피 저는 4학년이에요. 여름 내내 일을 했으니 건강을 위해 기분 전환을 좀 하고 싶습니다. 저는 애디론닥스 산맥을 보고 싶어요. 저는 샐리를 보고 싶어요. 저는 샐리의 오빠를 보고 싶어요. 그분은 저에게 카누 젓는 법을 가르쳐줄 거예요. 그리고(좀 비열한 짓이지만 이것이 제가 그곳에 가려는 제일 중요한 이유입니다) 저는 저비 도련님이 록 윌로우 농장에 와서 제가 그곳에 없다는 것을 보게 하고 싶어요.

저는 그분에게 저를 이래라저래라 할 수 없음을 알려주지 '않으면 안 돼요.' 아저씨, 아저씨 말고는 누구도 저에게 이래라저래라 할 수 없어요. 그리고 아저씨도 항상 그럴 수는 없지요! 저는 숲으로 떠납니다.

주디 올림

9월 6일 (맥브라이드 캠프에서)

아저씨께—

아저씨의 편지가 제때에 오지 않았습니다(참 잘되었어요). 명령에 복종하게 하려면 아저씨는 비서에게 시켜 2주일 전에 편지가 도달하게 하지 않으면 안 됩니다. 보시다시피 저는 여기 와 있으며 온 지 벌써 닷새가 되었습니다.

숲이 아름답고 캠프도 좋고 날씨도 좋고, 맥브라이드네 식구도 마음에 들고, 온 세상이 아름다워요. 저는 정말 즐거워요!

지미가 저더러 카누를 타러 가자고 해요. 안녕……. 복종하지 않아 죄송해요. 그러나 아저씨는 왜 제가 좀 노는 것을 그렇게 끈질기게 싫어하시지요? 저는 여름 내내 일을 했으므로 2주일은 놀 자격이 있어요. 아저씨는 지독한 심술쟁이세요.

그러나 아저씨가 많은 결점을 갖고 있다 해도, 저는 아직 아저씨를 좋아해요.

주디 올림

10월 3일

친애하는 키다리 아저씨께 —

4학년 졸업반이 되고 교지 편집장이 되었습니다. 바로 4년 전의 존 그리어 고아원의 원아가 이제 이렇게 세련된 사람이 되었다니, 믿어지지 않죠? 미국에서는 출세가 대단히 빠르군요!

아저씨는 이 일을 어떻게 생각하십니까? 저비 도련님이 록 월로우 농장으로 보낸 편지가 이곳으로 전송되어 왔습니다. 그분은 올 가을에는 농장에 올 수가 없게 되어 유감이라고 말했어요. 친구들과 요트 놀이에 가게 되었대요. 저더러 여름을 즐겁게 보내고 시골에서 재미있게 지내기를 바란다고 했어요.

그런데 그분은 제가 맥브라이드네 캠프에 간 것을 처음부터 다 알고 있었어요. 줄리아가 다 일러바쳤으니까요! 그런 꾀부리는 일은 남자가 할 것이 아니라 여자에게 맡겨야 해요. 남자들은 그런 것을 제대로 솜씨 있게 하지도 못하잖아요.

줄리아는 아주 호화찬란한 새 옷을 한 트렁크 가득 가지고 왔어요. 무지개색 리버티 크레프로 만든 이브닝 드레스는 천국의 천사들의 옷으로도 손색이 없을 거예요. 그런데 저는 금년에 맞춘 제 옷들이 전례 없이(이런 말도 있습니까?) 아름답다고 생각했어요. 저는 싸구려 양장점에 가서 패터슨 부인의 가운을 모방하여 맞춰 입었는데 그것들이 부인 것과 꼭 같지는 않지만 줄리아가 트렁크를 풀어놓기 전까지 그것들이 아주 마음에 들었어요. 그러나 이제는 앉아서 파리 구경을 하고 있는 것 같아요!

　아저씨, 여자로 태어나지 않은 것을 다행으로 생각하지 않으세요? 아저씨는 우리 여자들이 옷에 대하여 이렇게 소란을 피우는 것을 아주 바보스러운 짓으로 생각하실 테죠? 사실 그래요. 의심할 여지도 없어요. 그러나 이것은 전적으로 남자들의 잘못이에요.

　여자들의 필요치 않은 장식을 경멸하고 지각 있고 실용적인 옷을 칭찬하던 유식한 교수 양반의 얘기를 들으신 적이 있습니까? 교수의 부인은 공손한 여자여서 '의상 개혁'을 따랐대요. 그런데 교수가 어떻게 했는지 아세요? 그는 합창단 계집애와 눈이 맞아 도망쳤어요.

항상 아저씨의 벗인 주디 올림

　추신 : 기숙사의 같은 층에서 일하는 하녀가 체크무늬 무명 앞치마를 입고 있어요. 저는 그애에게 그 옷 대신 갈색 앞치마를 해주고 그 청색 옷은 연못 바닥에 던져버리려고 해요. 저는 그 청색 무명옷을 볼 때마다 과거가 회상되어 소름이 끼쳐요.

11월 17일

친애하는 키다리 아저씨께—

저의 문필 생활에 크고 어두운 그림자가 드리워졌습니다. 이 일을 아저씨한테 말씀드려야 좋을지 어떨지 모르겠지만, 위로를 받고 싶어요. 말없는 위로 말입니다. 제발 아저씨는 다음 편지에서 이 이야기를 꺼내어 아픈 상처를 다시 건드리지 말아주세요.

실은 제가 그동안 소설을 썼어요. 지난 겨울 내내 저녁마다 썼으며 이번 여름에 두 멍텅구리 소녀에게 라틴어를 가르치면서도 틈틈이 써왔어요. 개학 바로 전에 탈고하여 출판사에 보냈어요. 두 달 동안 원고가 돌아오지 않길래 저는 출판사에서 채택한 줄로 알았어요. 그런데 어제 아침 속달 소포가 왔습니다(30센트를 물었습니다). 제 원고가 출판사의 편지와 함께 돌아온 것입니다. 그 편지는 아버지처럼 친절했으나 아울러 매우 솔직했습니다! 출판사 측은 저의 주소를 보고 제가 아직 대학 재학생임을 알았으며, 만약 제가 충고를 쾌히 받아들인다면 저더러 우선 전력을 다해 열심히 공부하고 졸업한 뒤에 작품을 쓰기 시작하라고 일렀어요. 그 편지에는 다음과 같은 비평이 있었어요.

'구성은 아주 비현실적이며 성격은 과장되고 대화는 부자연스러움. 유머는 많으나 품위가 결여된 곳이 많음. 계속 노력하면 좋은 작품을 쓸지도 모름.'

아저씨, 위안의 말은 조금도 없지요? 그런데 저는 제가 미국

문학에 뚜렷한 공헌을 하고 있다고 생각했어요. 진정으로 그렇게 생각했어요. 저는 졸업하기 전에 훌륭한 소설을 써서 아저씨를 놀라게 하려고 했습니다. 작년 크리스마스에 줄리아네 집을 방문했을 때 자료를 수집했어요. 그러나 출판사 편집장의 말이 옳았어요. 대도시의 생활양식과 관습을 2주일 동안에 충분히 관찰한다는 것은 무리한 일이지요.

어제 오후 저는 원고를 들고 밖에 나가 거닐다가 가스공급소에 들어가서 기사에게 난로를 좀 빌릴 수 있겠느냐고 물었습니다. 기사는 정중하게 난로 문을 열었어요. 저는 제 손으로 원고 뭉치를 던져 넣었어요. 마치 제가 낳은 아기를 화장하는 듯한 느낌이었습니다!

어젯밤에는 아주 상심해서 잠자리에 들었어요. 제가 아무 짝에도 쓸모 없는 여자가 될 것같이 생각되었어요. 아저씨가 돈만 헛되게 버렸다고 생각했어요. 그러나 어떻게 되었는지 아세요? 오늘 아침 일어나니까 아주 아름다운 구상이 머리에 떠올랐어요. 그래서 하루 종일 등장인물들에 관해 구상을 했어요. 더없이 행복했어요. 아무도 저를 염세주의자라고 비난하지 못할 거예요! 저는 하루 아침에 남편과 열두 명의 아이를 지진으로 잃고도 다음날 아침에는 미소를 지으면서 기운차게 새로운 남편과 아이들을 찾기 시작할 거예요.

사랑을 보내면서 주디 올림

12월 14일

친애하는 키다리 아저씨 —

어젯밤에는 아주 이상한 꿈을 꾸었어요. 제가 어떤 책방에 들어가니까 점원이 《주디 애봇의 생애와 편지》라는 제목의 신간을 저에게 내어주더군요. 제가 아주 똑똑히 보았는데, 빨간 천으로 제본되었으며 표지에는 존 그리어 고아원의 그림이 있고 안 표지에는 제 초상화가 있고 그 밑에 '진정 당신의 것인 주디 애봇'이라고 씌어 있었어요. 그런데 제가 막 책 마지막 쪽에 있는 제 묘비문을 읽으려고 하려는 순간 깨었어요. 정말 안타까웠어요! 제가 누구와 결혼하게 되며 언제 죽게 되는지 거의 볼 뻔했는데.

자기 일생을 읽을 수 있게 된다면 정말 재미있겠죠? 전지 전능한 작가가 완전히 진실되게 쓴 일대기 말입니다. 다음과 같은 조건으로만 읽을 수 있다면 어떻게 하겠습니까? 즉 본 내용을 절대 잊지 않는다는 조건 말입니다. 그러면 모든 앞일을 미리 정확하게 알면서, 즉 죽을 시간까지 정확히 미리 알면서 살아야 할 것입니다. 그렇다면 그것을 읽을 용기가 있는 사람이 몇 사람이나 될까요? 또는 희망도 없이 놀람도 없이 살아야 하는 값을 치러야 한다 하더라도 그것을 읽지 않을 만큼 호기심을 충분히 억제할 수 있는 사람은 몇 사람이나 될까요?

인생이란 살 되어도 단조롭기 그지없습니다. 먹고 자고 또 먹고 자야 합니다. 그러니 끼니 사이에 예상치 않은 것이 절대 일어나지 않는다면 얼마나 '무섭고' 단조롭겠습니까? 어머나, 아저씨, 잉크가 번졌네요. 그러나 석 장이나 썼으므로 새 종이에 다시 쓸 수는 없습니다.

저는 금년에도 생물학을 공부합니다. 생물학은 아주 흥미 있는 과목이에요. 현재 소화기관을 공부하고 있습니다. 고양이의 십이지장의 단면을 현미경으로 보면 얼마나 아름다운지 아세요?

또한 우리는 드디어 철학도 배웠어요. 재미는 있으나 잘 이해가 되지는 않아요. 저는 대상을 핀으로 판에 꽂아놓고 토의할 수 있는 생물학 쪽이 더 좋아요. 또 잉크 방울이 떨어졌네요! 또 떨어지네요! 이 펜은 자꾸 눈물을 흘리네요. 이 눈물을 용서하세요.

아저씨는 자유 의지라는 것을 믿으세요? 저는 믿습니다. 아주 확고히 믿어요. 모든 행동이 먼 원인들의 집합의 절대 불가피한 자동적인 결과라고 생각하는 철학자들에게 저는 전혀 찬성하지 않아요. 이런 사상은 제가 들은 말 중에서 가장 부도덕한 것입니다. 아무도 어떤 일에 책임을 지지 않게 된다는 얘기가 되지요. 숙명론을 믿는다는 것은 그저 앉아서 "주님의 뜻이 이루어졌습니다" 하고 말하면서 죽어 꼬꾸라질 때까지 앉아만 있겠다는 것입니다.

저는 제 자신의 자유 의지와 제 자신의 성취할 수 있는 능력을 절대 믿습니다. 그것은 산을 움직일 수 있는 믿음입니다. 아저씨, 제가 위대한 작가가 되어가는 것을 보세요! 저는 이미 새 소설의 4장을 끝내고 5장을 더 구상해놓았습니다.

오늘 편지는 매우 심오하지요? 아저씨, 머리가 아프지 않으세요? 우리의 대화는 이 정도로 그치고 퍼지나 좀 만들어야겠어요. 아저씨께 퍼지를 보낼 수 없어 유감이에요. 진짜 크림과 버터 세 조각이나 넣고 만들기 때문에 아주 맛있을 텐데.

사랑을 보내면서 주디 올림

추신 : 우리는 체육 시간에 환상 무용을 합니다. 그림을 보시면 우리가 얼마나 진짜 발레리나처럼 보이는지 아실 거예요. 맨 끝에서 발끝돌기를 하고 있는 것이 저예요. 바로 저란 말이에요.

12월 26일

저의 가장 친애하는 아저씨께 —

좀 돌지 않으셨어요? 한 여학생에게 크리스마스 선물을 열일곱 가지나 보내시다니. 그래서는 안 된다는 것을 '모르세요?' 제가 사회주의자라는 것을 기억해주세요. 저를 왜 물질 만능주의자로 전향시키려는 거예요?

우리가 말다툼이라도 하게 된다면 얼마나 어색하게 될지 생각해보십시오. 아저씨 선물을 되돌려 보내려면 마차 하나를 빌려야겠네요.

제가 보낸 넥타이가 너무 빳빳하지 못해 미안합니다. 그것은 제 손으로 직접 짠 거예요(아저씨는 내적 증거로 분명히 아셨을 거예요). 추운 날에 그것을 매시고 외투 단추를 위까지 꼭 잠그셔야 합니다.

아저씨, 천만 번 감사드립니다. 저는 아저씨가 유사 이래 가장 정다운 분이시고—가장 어리석은 분이라고 생각해요.

주디 올림

추신 : 새해에 아저씨에게 행운을 가져다 줄 네 잎 클로버를 동봉합니다. 이것은 맥브라이드네 캠프에서 가져온 것입니다.

1월 9일

아저씨, 영원한 구원을 보장해줄 좋은 일을 좀 하시지 않을래요? 이 근처에 아주 절박한 궁지에 빠진 가족이 있습니다. 어머니와 아버지, 그리고 네 자녀가 살고 있는데, 위로 아들 둘은 돈을 벌겠다고 집을 떠난 후 소식도 없이 집에다 한 푼도 보내지 않는답니다. 유리 공장에서 일하던 아버지는 폐병에 걸려 지금은 병원에 입원해 있어요. 유리 공장에서의 일은 건강에 아주 나빠요. 그래서 저축한 돈을 다 써버리게 되어 가족 부양의 중책은 스물네 살 난 맏딸의 어깨에 지워지게 되었어요.

그 처녀는 하루에 1달러 50센트를 받고 삯바느질을 하며(그것도 일이 있을 때만 그렇습니다) 저녁에는 식탁보의 자수를 놓고 있습니다. 어머니는 몸이 약하여 아무 일도 못하며 그저 기도나 드리고 있습니다. 딸은 과로와 책임과 근심 때문에 지칠 대로 지쳤는데 어머니는 완전히 체념한 사람처럼 합장한 채 앉아만 있습니다. 딸은 나머지 겨울을 어떻게 나야 할지 전혀 대책이 없습니다. 저도 뾰족한 방법이 생각나지 않는군요. 1백 달러만 있으면 석탄도 좀 사두고 세 동생이 학교에 신고 갈 신발을 살 수 있을 거예요. 그리고 돈이 조금 남으면 일감이 며칠 없어도 당장 굶어 죽을 걱정은 하지 않아도 될 거예요.

아저씨는 제가 아는 사람 중에서 제일 부자이십니다. 혹시 1백 달러를 희사하실 생각은 없으신지요? 그 처녀가 저보다도 도움을 받을 자격이 훨씬 더 많습니다. 그 처녀가 아니라면 저는 이런 부탁을 하지 않아요. 그 어머니는 어찌 되든 상관 없어요. 그렇게 손가락 하나 까딱하지 않는 사람은 굶어 죽어 마땅하잖아요.

완전히 체념할 상태까지 가지 않았음을 확실히 알면서도 그저 말똥말똥한 눈으로 하늘이나 쳐다보면서 '이것도 다 하느님의 뜻이겠지' 하고 중얼거리는 그 따위 태도를 보면 울화가 치밀어 오릅니다. 겸허니 체념이니 하는 것은 단순히 무기력한 타성에 불과합니다. 저는 좀 더 전투적인 종교가 좋습니다!

철학 공부란 아주 힘들군요. 쇼펜하우어를 내일 전부 끝낸대요. 철학 교수는 우리가 다른 과목도 이수하고 있는 것을 망각하고 있는 것 같아요. 철학 교수는 참 괴상한 늙은이예요. 늘 머리를 구름 속에 넣고 다니다가 가끔 땅을 밟게 되면 멍청하게 꾸벅꾸벅합니다. 그는 가끔 익살을 부려 강의를 재미있게 해보려 합니다. 우리는 애를 써서 웃어주려고 하지만 그의 농담은 정말 웃기지 않아요. 그는 강의 이외의 시간에는 늘 물질이 존재하느냐 아니면 단지 물질이 존재한다고 생각하느냐의 여부를 규명하기 위해 애쓰고 있습니다.

제 생각에, 삯바느질하는 그 처녀라면 틀림없이 물질이 존재한다고 생각할 거예요!

제가 새로 쓴 소설이 지금 어디 있을 거라고 생각하세요? 쓰레기통 속에 있어요. 그것이 잘 되지 않은 것을 제 스스로 알겠어요. 작가 자신이 자식을 사랑하는 어머니의 눈으로 보는데도 그런데, 헐뜯기 좋아하는 세상 사람 눈에는 그것이 어떻게 보이겠습니까?

며칠 후

아저씨, 고통스러운 병상에서 편지를 씁니다. 편도선이 부어 이틀째 누워 있습니다. 저는 따뜻한 우유나 겨우 넘길 뿐 다른 것은 아무것도 먹지를 못합니다. "학생의 부모는 왜 학생이 어릴 때 그 편도선을 완전히 고쳐주지 않았지?" 하고 의사가 이상하다는 듯이 말했어요. 저도 전혀 모르겠으나 우리 부모는 저에 대해서 별로 관심이 없었나 봐요.

아저씨의 벗 주디 올림

다음날 아침

저는 지금 막 이 편지를 부치기 전에 다시 한 번 읽어봤어요. 제가 왜 인생에 대해 그렇게 비관적인 견해를 가졌는지 이해가 되지 않는군요. 저는 젊고 행복하며 원기왕성함을 급히 알려드립니다. 그리고 아저씨두 저외 마찬가지일 것이라 믿습니다. 젊음이란 나이와는 관계가 없고 다만 정신적으로 얼마나 생기 발랄한가에 달려 있을 뿐이죠. 아저씨, 만약 아저씨의 머리가 희다고 하더라도 충분히 소년이 될 수 있습니다.

사랑을 보내면서 주디 올림

1월 12일

친애하는 자선가 귀하―

제가 말씀드린 가족들에게 보내주시는 수표를 어제 받았습니다. 대단히 감사합니다! 저는 점심 식사를 하고 체육 시간도 빼먹고 그 집에 돈을 가져다 주었습니다. 아저씨도 그 처녀의 얼굴을 보셨으면 참 좋았을 텐데요! 그 처녀는 아주 놀라고 행복하고 시름을 잊어버리게 되어 다시 젊어지는 듯했습니다. 그 처녀는 스물네 살밖에 안 됩니다. 가엾지 않아요?

하여간 그 처녀는 행운이 겹쳐 들어오고 있다고 느끼고 있어요. 앞으로 두 달 동안 할 일감을 얻었어요. 어떤 사람이 시집을 가는데 혼수감을 만들어주게 되었대요.

그 어머니는 작은 종잇장이 1백 달러라는 사실을 알게 되자 "주님의 은혜에 감사합니다!"라고 외쳤습니다.

"주님이 보내주신 것이 아니라 키다리 아저씨가 보내주신 거예요"(물론 스미스 씨라고 했습니다) 하고 제가 말했습니다.

"그러나 그분에게 그런 일을 시킨 것은 우리 주님입니다" 하고 그녀가 말했습니다.

"천만에요! 제가 그분에게 부탁한 거예요" 하고 제가 다시 외쳤습니다.

아저씨, 그러나 하여간 저는 주님께서 아저씨한테 응분의 상을 내리실 거라고 믿고 있습니다. 아저씨는 연옥에서 반 년은 더 일찍 나오게 되실 거예요.

       심심한 사의를 표하며 주디 애봇 올림

2월 15일

폐하께 삼가 아룁니다.

오늘 아침에는 찬 칠면조 파이와 거위고기로 식사를 하고 처음 마셔보는 엽차도 한 잔 청했습니다.

아저씨, 제가 이상해졌다고 걱정하지는 마세요. 저는 새뮤얼 피프스[Samuel Pepys : 17세기 영국의 해군 대장으로 유명한 일기를 남김]의 글을 인용했을 뿐입니다. 영국사 수업을 위한 기초 자료로 그의 일기를 읽고 있습니다. 샐리와 줄리아 그리고 저는 지금 1660년대의 말투로 이야기해요. 다음과 같은 글을 보세요.

"차링 크로스에서 해리슨 소령을 교수형에 처한 뒤 오장육부를 꺼내고 사지를 찢는 것을 보았노라. 그러한 형벌을 받으면서도 그의 태도는 태연해 보였도다." 또 이런 것도 있습니다. "작일 남동생이 발진티푸스로 사망하여 아름다운 상복을 입은 귀부인과 정찬을 나누었노라."

상을 치른 지 얼마 안 되는 사람 치고는 손님 접대가 너무 이르다고 생각하지 않으세요? 피프스의 친구들은 오래된 썩은 식량을 가난한 백성들에게 팔게 함으로써 왕이 그의 빚을 갚도록 할 수 있게 매우 교활한 방법을 짜냈어요. 개혁주의자인 아저씨는 이 일을 어떻게 생각하세요? 현대인들은 신문이 떠들어대는 것만큼 나쁘다고 생각하지는 않아요.

피프스는 여자만큼이나 옷에 관심이 많았답니다. 그의 의류

비 지출이 아내의 다섯 배였다니. 그때는 남편들의 전성시대였나 봐요. 정말 놀랍지 않으세요? 어쨌든 그 사람은 정말 정직했던 것 같아요. "금일, 금단추를 단 훌륭한 캠리트 망토가 배달되었다. 이 비싼 옷 대금을 무사히 치를 수 있게 하느님에게 기도한다." 피프스의 글을 너무 많이 써서 죄송합니다. 저는 그에 관해 논문을 쓰고 있는 중이에요.

아저씨, 어떻게 생각하세요? 자치회에서 10시 소등 규칙을 폐지했습니다. 이제 우리는 마음대로 밤 늦게까지 불을 켤 수 있습니다. 다만 다른 사람을 방해해서는 안 된다는 조건이 있으므로 지나치게 소동을 부리지는 못하게 되었습니다. 그 결과는 인간의 본성을 잘 드러냈습니다. 이제 우리 마음대로 늦게까지 자지 않아도 되게 되니까 오히려 더 일찍 잠자리에 들게 되는군요. 우리는 9시만 되어도 끄덕끄덕 졸기 시작하며, 9시 30분이 되면 손에서 펜대가 스르르 떨어집니다. 그런데 지금이 바로 9시 30입니다. 안녕히 주무세요.

일요일

교회에서 막 돌아왔습니다. 조지아 주에서 온 목사의 설교를 들었습니다. 그분은 우리에게 감수성을 희생시키면서 지성을 계발하지 않도록 주의하라고 말했어요. 그러나 이 사람의 생각과 설교는 별다른 게 없는, 무미건조한 것이었노라(또 피프스의 어투를 썼군요). 미국 어디서 온 목사건, 캐나다에서 온 목사건, 무슨 종파의 목사건 모두 천편일률적인 설교만 하는군요. 왜 목사들은 남자 대학에 가서 머리를 너무 씀으로써 남성다운 기질을 말살시키지 말라고 역설하지 않는지 모르겠어요.

오늘은 참 좋은 날씨입니다. 땅은 얼었고 공기는 쌀쌀하지만 하늘은 맑게 개었습니다. 점심이 끝나자마자 샐리와 줄리아와 마티 킨과 엘리너 플랫(아저씨는 모르지만 이들도 제 친구예요)과 저는 짧은 치마를 입고 들을 걸어 크리스털 스프링 팜에 가려고 해요. 거기 가서 닭 튀김과 와플로 저녁을 먹고 크리스털 스프링 씨에게 그의 긴 사륜마차로 우리 기숙사까지 태워다 달래려고 해요. 우리는 보통 7시까지는 교내에 들어와야 하지만 오늘은 한 시간 늦추어서 8시까지 돌아오려고 해요.

귀체의 건강하심을 앙망합니다.

    충성되고 충실하고 성실하고 순종하는 당신의 신하 J. 애봇
        올림

3월 5일

이사님 귀하—

내일은 이 달의 첫째 수요일입니다. 존 그리어 고아원 아이들이 아주 싫어하는 바로 그날입니다. 5시가 되어 이사님들이 고아들의 머리를 쓰다듬어주고 떠나게 되면 그애들이 얼마나 속시원해하는지 아세요? 아저씨도(개인적으로) 제 머리를 직접 쓰다듬어준 적이 있으세요? 저는 그렇지 않다고 생각해요. 뚱뚱한 이사님들만 기억에 남아 있거든요.

고아원에 저의 사랑을 전해주세요. 저의 '진정한' 사랑 말이에요. 4년이란 아련한 세월을 통해 회상해보니까 고아원이 그리워지는 것 같아요. 제가 대학에 처음 왔을 때에는 다른 모든 여학생들이 누린 정상적인 유년 시절을 빼앗긴 데 대한 억울함을 느꼈습니다. 그러나 지금은 조금도 그렇게 느끼지 않아요. 이제 저는 그것도 매우 값진 경험이었다고 생각하고 있어요. 그것은 저에게 한 발자국 비켜서서 인생을 바라볼 수 있는 유리한 입장을 베풀어주었거든요. 이제 저는 어른이 되어서 세상을 꿰뚫어볼 수 있게 되었습니다. 그러나 부족한 것 없이 자란 다른 사람들에겐 이것이 완전히 결여되어 있습니다.

저는 많은 여학생들(예를 들면 줄리아)이 자신들이 행복하다는 것을 모르고 있음을 알게 되었습니다. 그들은 행복이란 것에 너무 젖어 있어 행복에 대한 감각이 무디어졌습니다. 그러나 저의 경우는―저는 제가 행복하다는 것을 제 삶의 순간순간 확실히 느끼고 있어요. 그리고 어떤 불쾌한 일이 닥치더라도, 계속 행복하다는 느낌을 가지려고 노력할 거예요. 저는 어떠한 불쾌한 일(심지어 치통까지)도 흥미 있는 경험으로 간주하고 그것이 어떤 느낌을 주는지 기꺼이 알아보려고 해요. '내 머리 위의 하늘이 어떻게 되든, 나는 어떤 운명에도 맞설 용기가 있도다.'

아저씨, 그러나 존 그리어 고아원에 대한 이 새로운 애정을 문자 그대로 받아들이지는 마세요. 만약 루소와 같이 어린애가 다섯 명이 생긴다면, 검소하게 기르는 것을 확실히 하기 위해 고아원 문 앞에 버리지는 않겠어요.

리펫 원장님께 안부 인사 전해주세요(그렇게 말씀드리는 것이 진실한 것이라고 생각해요. 사랑을 전해달라고 말하면 좀 과하겠죠). 그리고 원장님께 제 성품이 얼마나 아름답게 변했는지 말씀하시는 것도 잊지 마세요.

사랑을 보내면서 주디 올림

4월 4일 (록 윌로우 농장에서)

친애하는 아저씨께 —

편지의 소인을 보셨습니까? 샐리와 저는 부활절 방학 동안 록 윌로우 농장에 왔습니다. 우리는 열흘 동안을 가장 적절하게 보내는 길은 조용한 곳으로 가는 것이라고 결정했습니다. 우리는 이제 퍼거슨 기숙사에서 주는 음식은 한 끼도 견딜 수 없을 정도가 되었습니다. 피곤할 때 4백 명의 여학생들과 한 방에서 식사한다는 것은 큰 고역이에요. 너무 시끄러워 식탁 건너편에 앉은 학생의 말이 들리지 않습니다. 손 나팔을 만들어 외치지 않으면 들리지 않습니다. 이건 정말입니다.

샐리와 저는 언덕 위로 산책을 하고, 독서도 하며, 글도 쓰고, 또한 쉬면서 재미있게 지내고 있습니다. 우리는 오늘 오전에 전에 저비 도련님과 함께 저녁을 지어 먹었던 '스카이 힐'의 꼭대기에 올라갔습니다. 그것이 벌써 2년 전 일이라니 믿어지지 않는군요. 우리가 피운 불의 연기로 검게 그을은 바위가 그대로 있더군요. 참 이상하게도 어떤 장소를 보면 그곳과 관련되는 사람이 떠오르곤 해요. 그곳에 가면 그분이 반드시 생각나게 되지요. 저는 그분이 계시지 않아 상당히 적적했습니다. 단 2분 동안만 그랬습니다.

아저씨, 제가 요새 무슨 일을 하고 있는지 아세요? 아저씨는 서를 걷잡을 수 없는 아이라 믿기 시작하실 거예요. 다시 소설을 쓰고 있습니다. 3주일 전에 시작했는데 이제 쉽게 써나가고 있습니다. 저는 비결을 발견했어요. 저비 도련님과 그 편집장의 말이 옳았어요. 아는 일에 관해 쓰면 아주 잘 납득시키게 된다는 말씀이었지요. 그래서 이번에는 제가 아는 것에 관해서―속속들이 아는 거죠―쓰고 있습니다. 무엇을 소재로 했을 것이라고 짐작하십니까? 존 그리어 고아원입니다! 그런데 아저씨, 이번 작품은 잘 되었어요. 그렇다고 믿고 있죠. 매일매일 일어났던 작은 일들을 묘사하고 있어요. 저는 이제 사실주의자가 되었어요. 저는 낭만주의는 이미 버렸어요. 그러나 나중에 저의 모험적인 미래가 시작될 때 저는 다시 낭만주의로 돌아가겠어요.

이 소설은 완성될 것이며, 책으로 나오게 할 거예요! 그렇게 되나 안 되나 두고 보세요. 무슨 일이든 갈구하고 계속 노력하면 끝끝내는 성취하게 되는 법이지요. 저는 아저씨한테서 편지를 받아보려고 4년 동안 노력하고 있습니다. 아직 포기하지 않았어요.

아저씨, 안녕.

(저는 아저씨를 Daddy dear라고 부르고 싶어요. 그러면 두운(頭韻)이 아주 잘 맞지요.)

사랑을 보내면서 주디 올림

추신 : 농장 소식을 전한다는 것을 잊었군요. 매우 괴로운 소식들뿐이에요. 만약 아저씨의 예민한 감정을 흥분시키고 싶지 않으시면 이 추신을 읽지 마세요.

불쌍한 늙은 말 그로브가 죽었어요. 너무 늙어 음식을 씹지도 못해 총으로 쏘아버리지 않을 수 없었어요.

지난 주 병아리 아홉 마리가 족제비인가 스컹크인가 아니면 들쥐한테 물려 죽었습니다.

암소 한 마리가 병이 나서 보니리그 네거리에서 수의사를 데려왔습니다. 아마사이가 이 암소에게 피마자 기름과 위스키를 주기 위해 밤을 꼬박 새웠습니다. 그러나 우리는 저 불쌍한 병든 소가 피마자 기름밖에 먹지 못했을 거라고 의심하고 있습니다.

감상적인 토미(얼룩 고양이)가 사라졌어요. 덫에 걸리지 않았을까 모두들 걱정입니다.

세상에는 왜 이리도 걱정거리가 많은지요.

5월 17일

친애하는 키다리 아저씨께 —

저는 지금 펜대만 보아도 어깨가 아파오므로 아주 간단히 몇 자 쓰겠습니다. 낮에는 종일 강의 노트를 정리하고 저녁에는 내내 불후의 명작을 집필하느라 팔을 혹사시키고 있습니다.

졸업식은 이번 수요일부터 3주일 후입니다. 졸업식 때는 오셔서 저를 만나주실 수 있겠지요. 만약 오시지 않으면 아저씨를 미워하겠어요! 줄리아는 저비 도련님이 그녀의 가족이므로 그분을 초청했고, 샐리도 지미 맥브라이드가 가족이므로 그분을 초청한대요. 그런데 저는 누구를 초청해야 하나요? 아저씨하고 리펫 원장뿐인데, 리펫 원장은 싫어요. 그러니까 아저씨가 꼭 와주세요.

아픈 손으로 글씨를 쓰면서 사랑을 보냅니다.

주디 올림

6월 19일 (록 윌로우 농장에서)

친애하는 키다리 아저씨께 —

마침내 제가 대학을 졸업했습니다. 졸업장은 옷장 맨 아래 서랍 안에 제일 좋은 두 벌의 옷과 함께 있어요. 예년과 같이 졸업식의 가장 중요한 순간에 소나기가 내렸습니다. 보내주신 장미꽃송이 대단히 감사합니다. 참 아름다웠어요. 저비 도련님과 지미 맥브라이드 두 분도 역시 저에게 장미를 주셨어요. 그러나 저는 그분들의 장미는 목욕통 속에 넣어두고 아저씨가 보내주신 것을 들고 졸업행렬에 참가했습니다.

저는 여름을 지내기 위해 록 윌로우 농장에 왔습니다. 어쩌면 영원히 여기에 눌러앉게 될지도 몰라요. 하숙비도 싸고 주위가 조용해서 문필 생활에는 안성맞춤입니다. 가난한 작가가 더 바랄 것이 있겠습니까? 저는 제 소설에 미쳐 있습니다. 눈만 뜨면 이 소설을 생각하며 밤에도 이것을 꿈꿉니다. 제가 원하는 것은 평화와 고요와 일할 수 있는 많은 시간입니다(짬짬이 영양 많은 식사도 해야겠죠).

저비 도련님이 8월에 일주일 정도 와 계시겠다고 하며 지미 맥브라이드도 여름에 잠깐 들르겠다고 합니다. 지미 맥브라이드는 증권회사와 관련하여 일하고 있는데 시골로 돌아다니면서 은행에 채권을 팔고 있어요. 그는 코너즈에 있는 파머즈 내셔널 은행에 볼일 보러 오면서 저도 만나보려는 거예요.

록 윌로우 농장에도 사교가 전혀 없는 것은 아니죠. 아저씨도 자동차를 몰고 한번 들러주시면 좋을 텐데요. 그러나 그것은 희망이 없다는 것을 잘 알고 있어요. 제 졸업식에 와주시지 않았을 때 저는 아저씨를 제 마음에서 떼어내어 영원히 묻어버렸어요.

문학사(文學士) 주디 애봇 올림

7월 24일

사랑하는 키다리 아저씨께 —

일을 한다는 것이 이렇게 즐거울 수가 없어요. 아저씨도 일을 하시죠? 세상의 어떤 일보다도 하고 싶은 일을 할 때 특히 재미있는 법인가 봐요. 저는 올 여름 매일 펜이 나가는 만큼 빨리 쓰고 있습니다. 단 하나의 안타까움은 제가 생각하는 아름답고 가치 있고 흥미 있는 모든 생각들을 쓸 시간이 충분치 않다는 것입니다.

저는 이미 제 소설의 두 번째 퇴고를 끝냈으며, 내일 아침 7시 반부터 세 번째 수정에 착수할 예정입니다. 이것은 세상에서 제일 아름다운 소설이에요. 정말 그래요. 저는 이 소설만을 생각하고 있습니다. 아침에 일어나자마자 옷 입고 아침을 먹은 후 곧바로 집필에 매달립니다. 그러고는 쓰고 또 쓰고 또 쓰다가, 갑자기 녹초가 될 정도로 피로해지면 펜을 놓습니다. 그러면 콜린(새로 기르게 된 양을 지키는 개)과 함께 밖으로 나가 들을 뛰어다니며 다음날 창작을 위한 착상을 공급받습니다. 이 소설은 이제껏 볼 수 없었던 아름다운 책일 거예요. 오, 죄송해요. 조금 전에 드린 말씀을 반복하고 있군요.

아저씨, 제가 자화자찬한다고 생각하지는 않으시겠지요?

정말 그렇지 않아요. 다만 제가 지금 **열광적인** 단계에 있을 뿐이에요. 아마 나중에 냉정해지고 비판적이 되고 건방져질지 모르겠어요. 아니에요, 저는 결코 그렇게 되지 않을 거예요! 이번에는 제가 진짜 소설을 썼어요. 보시게 될 때까지 기다리기만 하세요.

잠깐 다른 얘기를 할게요. 아마사이와 캐리가 지난 5월에 결혼했다는 얘기를 아직 하지 않았죠? 그들은 아직도 이곳에서 일하고 있는데, 두 사람 다 결혼 후 더 나빠졌어요. 아마사이가 진흙 묻은 신발로 들어오거나 바닥에 재를 떨어뜨려도 전에는 그저 웃기만 하더니, 이제 그녀는 신랑에게 욕도 해요! 그리고 이제는 머리에 컬을 만들지도 않아요. 융단을 터는 일이며 나무를 나르는 일을 고분고분 잘하던 아마사이도 이제 그런 일을 시키면 투덜거려요. 그리고 그의 넥타이도 검정색과 갈색의 아주 우중충한 거예요. 전에는 진홍색과 자주색의 것이었지요. 저는 절대 결혼하지 않기로 결심했습니다. 결혼이란 확실히 사람을 타락시키는군요.

농장 소식은 별로 없습니다. 가축들은 다들 무럭무럭 자라고 있습니다. 돼지들은 유난히 살쪘고 소들도 만족해 보이며 암탉들은 알을 잘 낳습니다. 혹시 양계에 관심이 있다면 《암탉 한 마리가 1년에 2백 개의 알을 낳게 하는 법》이란 매우 유익한 소책자를 추천하겠습니다. 내년 봄에 저도 부화기를 써서 영계를 길러볼까 합니다. 저는 록 윌로우 농장에 아주 눌러앉았습니다. 앤소니 트롤로프의 어머니처럼 114권의 소설을 쓸 때까지 머물러 있기로 결정했어요. 그때가 되면 제 일생의 과업도 완수될 것이므로 저는 은퇴하여 여행도 할 수 있게 되겠죠.

지난 일요일 제임스 맥브라이드 씨가 오셔서 우리와 지냈습니다. 점심으로 닭 튀김과 아이스크림을 대접했는데, 둘 다 맛있어하는 것 같았어요. 저는 그분을 뵙게 되어 무척 기뻤습니다. 왜냐하면 넓은 세상이 있음을 잠시나마 저에게 깨닫게 해주었으니까요.

지미는 불쌍하게도 채권을 파느라고 고생하고 있습니다. 코너즈에 있는 파머즈 내셔널 은행은 그 공채를 사면 6~7퍼센트의 이자가 남는데도 그것에 관심이 없나 봐요. 제 생각에는 그는 그 일을 그만두고 워스터의 집으로 돌아가 아버지의 공장에서 일하게 될 것 같아요. 그는 돈을 만지는 일에서 성공하기에는 너무 솔직하고 남을 잘 믿고 마음이 좋아요. 그래도 성업 중인 작업복 공장의 지배인이 될 수도 있으니 얼마나 선택받은 사람이에요? 지금은 작업복 공장 따위는 거들떠보지도 않지만 결국 그리로 가게 될 거예요.

팔이 아파 고생하는 사람이 쓴 것으로는 이 편지가 긴 편지라는 사실을 인정해주시기 바랍니다. 그만큼 저는 아저씨를 아직 좋아합니다. 그래서 매우 행복합니다. 주위에는 온통 아름다운 경치가 있고, 먹을 것이 넉넉히 있고, 기둥 네 개로 된 안락한 침대가 있고, 새 원고지가 산더미처럼 쌓여 있고, 잉크도 넉넉하니 더 이상 바랄 것이 있겠어요?

항상 아저씨의 벗인 주디 올림

추신 : 우체부가 새 소식을 가져왔습니다. 저비 도련님이 다음 주 금요일에 오셔서 일주일 머무를 예정이래요. 그것은 매우 즐거운 일이겠으나, 단 한 가지 저의 불쌍한 소설에 지장이 있을까 걱정이에요. 저비 도련님은 아주 독선적이시거든요.

8월 27일

친애하는 키다리 아저씨께 —

아저씨, 지금 어디 계시죠?

저는 아저씨가 세상 어느 곳에 계시는지 전혀 짐작도 안 가요. 그러나 이 무더위 속에 뉴욕에는 계시지 않기를 바랍니다. 저는 아저씨가 산 꼭대기(그러나 스위스는 아니고 좀 더 가까운 곳 말이에요)에서 눈을 내려다보며 제 생각을 하고 있기를 바랍니다. 꼭 제 생각을 하고 계셔주세요. 저는 아주 고독해서 누가 제 생각을 해주길 바라고 있어요. 오, 아저씨, 제가 아저씨를 안다면 얼마나 좋겠어요! 그러면 외로울 때 서로를 위로할 수 있잖아요.

저는 더 이상 록 윌로우 농장에서 견뎌내지 못할 것 같아요. 다른 데로 이사하려고 해요. 샐리가 올 겨울부터 보스턴에서 세틀먼트[settlement : 구제 사업]를 하게 되었어요. 샐리를 따라 보스턴으로 가는 것은 어떨까요? 방 하나를 얻어 둘이서 같이 쓰는 거예요. 그녀가 구제 사업을 하는 동안 저는 글을 쓸 수 있고 저녁에는 함께 지낼 수 있을 거예요.

　말할 사람이라곤 셈플 내외와 아마사이와 캐리밖에 없어 저녁 시간은 아주 지루합니다. 저는 아저씨가 이런 생각을 좋아하지 않는다는 것을 미리 알고 있어요. 다음과 같은 아저씨 비서의 편지를 보는 기분이에요.

　제루샤 애봇 양
　스미스 씨는 애봇 양이 록 윌로우 농장에 머물러 있기를 바랍니다.
　엘머 그리그스 올림

　아저씨의 비서는 미워 죽겠어요. 엘머 그리그스라는 사람은 틀림없이 무시무시하게 생겼을 거라고 확신해요. 그러나 아저씨, 정말 저는 보스턴으로 가야 할 것 같아요. 더 이상 여기 있을 수가 없습니다. 곧 무슨 변화가 일어나지 않으면 저는 완전히 절망하여 사일로 구덩이 속으로 몸을 던져버리게 될 거예요.
　아이, 참! 그런데 왜 이리 덥지. 모든 풀은 타버리고 냇물은 말라버리고 길에는 먼지투성이입니다. 벌써 몇 달째 비가 오지 않고 있어요.
　이 편지로는 마치 제가 공수병에라도 걸린 듯이 보이겠지만 그렇지 않아요. 저는 다만 가족이 필요할 뿐이에요.

사랑하는 아저씨, 안녕.

아저씨를 뵐 수 있다면 정말 좋을 텐데요.

                                                주디 올림

9월 19일 (록 윌로우 농장에서)

친애하는 아저씨께 —

상의드릴 일이 생겼습니다. 이 세상 다른 사람의 충고는 소용없고 꼭 아저씨의 충고를 듣고 싶습니다. 만나뵐 수 있을까요? 말씀드리는 것이 편지로 쓰는 것보다 훨씬 더 쉽겠어요. 그리고 아저씨의 비서가 편지를 뜯어 볼까 두려워요.

주디 올림

10월 3일 (록 윌로우 농장에서)

친애하는 키다리 아저씨께―

아저씨 손으로 직접 쓰신―좀 떨리는 손으로 쓰셨더군요―편지를 오늘 아침에 받았습니다. 아저씨가 앓고 계시다니 가슴 아픕니다. 진작 그 사실을 알았더라면 제 일로 아저씨를 괴롭히지 않았을 텐데요. 이제 제 고민을 말씀드리겠습니다. 그러나 이것은 편지로 쓰기에는 좀 복잡하고 게다가 '매우 사적인' 것입니다. 이 편지를 오래 보관하시지 마시고 태워버리세요.

그 말씀을 드리기 전에, 여기에 1천 달러짜리 수표를 동봉합니다. 제가 아저씨한테 수표를 보내다니 우습지요. 안 그래요? 아저씨는 이 돈이 어디서 났다고 생각하세요?

아저씨, 제 소설이 팔렸어요. 7회로 나누어 연속물로 나갔다가 나중에 단행본으로 출판될 거예요! 제가 좋아서 날뛸 것같이 생각되시겠지만 저는 그렇지 않아요. 저는 완전히 무감각합니다. 물론 아저씨한테 돈을 보내게 되어 기쁩니다. 제가 아저씨한테 빚진 돈은 2천 달러가 넘지요. 분할로 갚겠습니다. 제발 이 돈을 보낸다고 화내지 마세요. 왜냐하면 돈을 돌려드리게 되어 제가 기쁘기 때문입니다. 저는 단순히 돈이 아닌 많은 것을 아저씨에게 빚지고 있어요. 나머지는 제가 감사와 애정의 마음을 가지고 평생을 두고 계속 갚아 나가겠습니다.

자, 그러면 아저씨, 그 얘기를 하지요. 아저씨께서 가장 현실적인 충고를 해주세요. 제가 좋아할지 안 할지는 신경 쓰시지 마시고요.

제가 아저씨에 대해서 아주 특수한 감정을 늘 느끼고 있다는 것은 아저씨도 아시지요. 아저씨는 저에게 가족 전부에 해당돼요. 그런데 제가 다른 남자에게 더 특별한 감정을 느낀다면 어떻겠습니까? 아마도 아저씨는 그분이 누구인가를 어렵지 않게 짐작하실 수 있을 거예요. 꽤 오래전부터 제 편지는 저비 도련님에 관한 이야기로 채워지고 있었으니까요.

저는 그분이 어떤 사람인지 또한 우리가 얼마나 잘 어울리는지를 아저씨에게 이해시킬 수 있으면 좋을 텐데요. 우리는 모든 것에 대해 의견이 일치합니다. 저는 제 생각을 그분의 생각에 들어맞도록 하려는 경향이 있는 것 같아요! 그러나 그분은 거의 늘 옳아요. 그분은 당연히 옳아야 해요. 그분은 저보다 열네 살이나 위인 걸요. 하지만 그분은 나이 먹은 소년이에요. 그래서 누가 돌봐주어야 해요. 비가 와도 장화를 신을 생각을 못해요. 그분과 저는 늘 같은 일을 생각하는데 재미있는 일들뿐이에요. 그런데 그런 일이 아주 많아요. 두 사람의 유머 감각이 반대되면 그건 정말 곤란하겠죠. 그런 심연을 연결할 수 있는 다리는 없다고 생각합니다!

그리고 그분은……. 아, 그만두지요! 그분은 바로 그분 자신입니다. 그저 저는 그분이 보고 싶어요. 그분이 보고 싶어요, 그분이 보고 싶어요. 온 세상이 텅 빈 것 같고 괴롭습니다. 저는 달빛을 증오해요. 왜냐하면 달빛은 아름다운데 그분이 여기 계시지 않아 그것을 볼 수 없으니까요. 그러나 아마 아저씨도 누구를 사랑하신 적이 있어 이해하시겠지요? 만약 아저씨가 그런 경험이 있다면 제가 설명할 필요가 없고, 만약 아저씨가 그런 경험이 없다면 제가 설명을 해도 소용이 없지요. 하여간 이것이 제 심정이에요. 그런데 제가 그분의 청혼을 거절했어요.

그분에게 이유는 말하지 않았습니다. 저는 그저 말문이 막히고 비참하기만 했습니다. 말할 것이 아무것도 생각나지 않았습니다. 그런데 그분은 제가 지미 맥브라이드와 결혼하고 싶어 하는 줄 알고 떠나버렸습니다. 저는 지미 맥브라이드한테 시집갈 생각은 추호도 없어요. 지미와 결혼한다는 것은 생각도 하기 싫어요. 그는 아직도 어린애예요. 저비 도련님과 저는 무서운 오해 속에 빠져버렸어요. 그래서 우리는 서로의 감정을 상하게 하고 있어요. 제가 그분을 보내버린 것은 그분을 아끼지 않아서가 아니라, 그분을 너무나 아끼기 때문이에요. 저는 그분이 장차 우리의 결혼을 후회할까 두려웠던 거예요. 저는 그것을 못 견디겠어요! 저같이 전혀 가족도 없는 몸이 그분네와 같은 집으로 시집간다는 것은 옳지 않은 것으로 생각되었어요. 저는 그분에게 고아원 얘기는 전혀 입 밖에 내지 않았습니다. 저는 제가 누구의 자식인지도 모른다는 설명을 하기가 죽기보다 싫었어요. 제 혈통은 아주 보잘것없는 것인지도 몰라요. 그런데 그분네 집안은 아주 자부심이 강해요―저도 자부심이야 강하지요!

또한 저는 아저씨한테 어떤 의무를 지니고 있다고 생각해요. 작가가 되도록 교육을 받은 이상 저 스스로도 작가가 되기 위해 노력하지 않으면 안 돼요. 아저씨의 교육을 수락한 후에 송금을 저버리고 사용하지 않는다면 공정치 못할 것 같아요. 그러나 제가 빚을 갚을 수 있게 된 지금 저는 그 빚을 일부분 갚아버린 기분이 들어요. 또한 제가 결혼을 하더라도 계속 작가 활동을 할 수 있을 것이라고 생각되어요. 이 두 직업이 반드시 상반되는 것은 아니잖아요.

저는 줄곧 이 문제를 곰곰이 생각해보았습니다. 물론 그분은 사회주의자입니다. 그래서 그분의 사상은 관습에 젖어 있지는 않을 거예요. 아마도 그분은 어느 남자 못지않게 결혼 상대가 가난뱅이라는 것에 개의치 않을 거예요. 두 사람의 사상이 일치하고 함께 있으면 늘 행복하고 떨어져 있을 때에는 쓸쓸해진다면 아마 이 세상에 그 어떤 것도 그들 사이를 갈라놓지는 못할 거예요. 물론 저는 그렇다고 믿고 '싶습니다!' 그러나 저는, 아저씨의 감정에 사로잡히지 않은 의견을 듣고 싶습니다. 아저씨도 명문가의 사람이겠지요. 그러시면 동정적인 인도적 견지에서가 아니라 현실적인 관점에서 이 문제를 보아주세요. 제가 이 문제를 아저씨 앞에 내놓다니 저도 참 용감하지요.

제가 그분한테 가서 문제는 지미가 아니라 존 그리어 고아원이라고 설명한다면 어떨까요? 그런데, 그 일은 정말 죽어도 싫어요. 그렇게 하려면 엄청난 용기가 필요합니다. 저는 그러느니 차라리 여생을 비참하게 지내고 싶을 정도예요.

이 일은 근 두 달 전에 일어났어요. 그분이 여기를 떠난 후 그분한테서 아무 소식도 듣지 못했어요. 서서히 상심에도 익숙해져가고 있는데, 줄리아한테서 온 편지가 다시 저를 온통 뒤흔들어놓았어요. 줄리아는 아주 대수롭지 않게 '저비 도련님'이 캐나다로 사냥을 갔다가 밤새도록 폭풍우를 만나 폐렴에 걸려 내내 앓고 있다고 전해주었습니다. 저는 금시초문의 소식이었어요. 그분이 말 한마디 없이 사라져버렸기 때문에 가슴 아팠어요. 제 생각에는 그분이 상당히 불행해하고 있으리라 생각돼요. 저도 그런 걸요. 제가 어떻게 하면 좋을까요?

주디 올림

10월 6일

사랑하는 키다리 아저씨께—

네, 가고 말고요. 다음 주 수요일 오후 4시 반에 뵙겠습니다. '물론' 제가 길을 알겠지요. 저는 뉴욕에 세 번이나 가봤으며 결코 어린애가 아니에요. 제가 아저씨를 뵙게 되다니 믿어지지 않아요. 저는 너무 오랫동안 아저씨를 그저 '생각만' 해왔으므로 아저씨가 살아 있는 실체의 사람 같다는 느낌이 안 들어요.

아저씨, 몸도 성하시지 않으실 텐데 제 문제를 위해 이렇게 수고해주시니 너무나 너무나 고맙습니다.

감기 걸리지 않게 조심하세요. 가을비는 매우 궂습니다.

사랑을 보내면서 주디 올림

추신 : 갑자기 무서운 생각이 들었어요. 아저씨네 집에도 하인이 있지요? 저는 하인이 무서워요. 하인이 문을 연다면 저는 계단에서 졸도할 거예요. 하인에게 뭐라고 말해야 하나요? 아저씨는 저에게 이름을 가르쳐주지 않으셨어요. 스미스 씨를 만나겠다고 할까요?

목요일 아침

나의 가장 사랑하는 저비 도련님—키다리 아저씨—펜들턴—

스미스 씨께

어젯밤 잘 주무셨어요? 저는 못 잤습니다. 한잠도 못 잤어요. 저는 너무 놀랐고 흥분했고 어리둥절했으며 기뻤습니다. 저는 다시는 잠을 자지 못하게 될 것 같은 기분이에요. 또 먹지도 못하고요. 그러나 당신은 주무셨기를 바랍니다. 당신은 주무시지 않으면 안 돼요. 그래야 더 빨리 회복되어 저한테 올 수 있으니까요.

사랑하는 이여, 당신이 그동안 얼마나 심하게 앓으셨는지를 생각만 해도 두렵습니다. 그런데 그동안 저는 까마득하게 모르고 있었습니다. 의사 선생님은 어제 내려와서 저를 배웅하면서, 당신이 살 가망이 없어서 사흘 동안 애를 태웠다는 말씀을 해주었습니다. 오, 만약 그런 일이 일어났다면 이 세상의 빛은 저에게서 영영 사라져버렸을 거예요. 그 어느 날, 언젠가는 우리 둘 중 한 사람이 다른 사람보다 먼저 떠나게 될 것이지만 그때에는 적어도 우리는 우리의 행복을 만끽했을 것이며 되씹으며 살아갈 추억이 남게 될 것입니다.

당신을 위로해드리려고 했는데, 대신 저 자신을 위로하지 않으면 안 되겠습니다. 왜냐하면 저는 꿈에도 생각하지 못할 정도로 더없이 행복한데도 불구하고 더 엄숙해져 있기 때문입니다. 당신에게 무슨 일이 일어나지 않을까 하는 두려움이 제 가슴에 그림자처럼 도사리고 있습니다. 전에는 잃어버릴 귀중한 것이 없었기 때문에 늘 경박하고 걱정없고 무사태평이었습니다. 그러나 이제는,

앞으로 남은 일생 동안 커다란 걱정거리를 갖게 되었습니다. 당신이 밖에 나가실 때마다 당신이 자동차에 치이지 않을까, 간판이 당신의 머리에 떨어지지는 않을까, 당신이 저 무시무시한 꿈틀거리는 세균들을 삼키지 않을까 하고 걱정하게 될 것입니다. 저는 마음의 평화를 영원히 잊어버렸습니다. 그러나 저는 그저 단순한 평화는 결코 바라지 않습니다.

부디, 빨리, 빨리, 빨리 완쾌하시기 바랍니다. 저는 당신을 제 옆에 가까이 있게 하고 싶습니다. 그러면 제가 당신을 만져서 당신이 확실히 존재한다는 것을 확인할 수 있게 되겠지요. 겨우 반 시간밖에 함께 있지 못했어요! 저는 꿈이 아닌가 걱정이 됩니다. 만약 제가 당신네 친척이라면(아주 먼 팔촌이라도 좋습니다) 매일 당신네 집에 가서 책을 읽어드리고 베개를 돋우어드리고 당신 이마의 두 줄 잔 주름살도 펴드리고 당신의 입가에 쾌활하고 환한 미소도 띠게 할 수 있을 텐데요. 그렇지만 당신은 다시 쾌활해졌지요? 어제 제가 떠날 때는 쾌활하셨어요. 의사 선생님은 당신이 10년이나 더 젊어 보인다면서 제가 유능한 간호사임이 틀림없대요. 사랑한다는 것이 모든 연인들로 하여금 10년씩 젊어 보이게 하지 않기를 원합니다. 만약 제가 열한 살밖에 안 된다면 그래도 당신은 저를 좋아하겠어요?

어제처럼 희한한 날은 다시는 없을 거예요. 제가 아흔아홉 살이 된다 하더라도 어제의 일은 사소한 것도 빠짐없이 잊어버리지 않을 거예요. 새벽에 록 윌로우 농장을 떠났던 소녀가 밤에 돌아올 때는 완전히 다른 사람이 되었습니다. 셈플 부인이 새벽 4시 반에 깨웠어요. 저는 어둠 속에서 잠이 벌떡 깼어요. 그때 제일 처음 제 머리에 떠오른 생각은 '나는 키다리 아저씨를 만나러 간다!'였습니다. 저는 부엌에서 촛불을 켜놓고 아침을 먹고 역까지 5마일을 마차를 타고 갔어요. 10월의 풍경은 찬란한 색채로 물들어 있었어요. 도중에 해가 떴는데, 늪의 단풍나무와 층층나무는 진홍색과 오렌지색으로 불타고 돌담과 옥수수밭은 하얀 서리로 반짝이고 있었어요. 공기는 차고 맑고 행운의 약속으로 충만하고 있었습니다. 저는 무슨 좋은 일이 있을 것을 '알았습니다.' 기차를 타고 가는 동안 선로가 내내 '너는 키다리 아저씨를 만나러 간다'고 노래하고 있는 것처럼 들렸어요. 그래서 저는 마음이 든든해졌어요. 저는 키다리 아저씨가 일을 잘 처리할 수 있는 능력을 갖고 있다고 확신하고 있었어요. 또한 저는 어딘가에서 다른 남자가—키다리 아저씨보다 더 사랑스러운 분이—저를 보고 싶어 하고 있음을 알았어요. 그리고 여행이 끝나기 전에 제가 그분도 만나게 될 것이라는 느낌이 들었어요. 그런데 꼭 들어맞았지요!

제가 매디슨 가(街)의 집에 가보니까 그 집은 갈색인데 너무나 크고 어마어마하여 감히 들어갈 용기가 나질 않았어요. 그래서 저는 용기를 북돋우려고 주위를 한 바퀴 돌고 왔어요. 그러나 조금도 겁낼 필요가 없게 되었어요. 당신네 하인은 아주 친절한 아버지와 같은 노인이어서 저는 곧 마음을 푹 놓았습니다. "애봇 양입니까?" 하고 그 노인이 저에게 물어서 "네" 하고만 대답했습니다. 그래서 내가 스미스 씨를 만나러 왔다는 말을 할 필요가 없게 되었어요. 그 노인은 저를 응접실에서 기다리라고 말했어요. 그 응접실은 어두컴컴하고 웅장한 것이 남자의 방 같았어요. 저는 큰 커버를 씌운 커다란 의자 끝에 앉아 한참 계속 중얼거렸어요.

"나는 키다리 아저씨를 만난다! 나는 키다리 아저씨를 만난다!"

얼마 안 되어 노인이 다시 돌아와서 2층 서재로 올라가라고 말했어요. 저는 너무나 흥분해서 정말 진짜로 다리가 후들후들 떨려 걸어갈 수가 없었어요. 문 앞에 닿자 노인은 돌아보면서 "주인님은 몹시 아픕니다. 오늘 처음으로 일어나 앉을 수 있게 허락을 받았어요. 그분을 흥분시킬 정도로 오래 앉아 있을 수 없습니다" 하고 나직한 목소리로 말했어요. 저는 노인이 말하는 태도로 보아 노인이 당신을 사랑하고 있다는 것을 알았어요. 그리고 노인이 아주 좋은 사람이라고 생각했어요.

그러고 나서 노인은 노크를 하고 "애봇 양입니다" 하고 말했습니다. 제가 들어서자 문이 뒤에서 닫혔습니다.

밝은 조명의 홀에 있다 들어갔기 때문에 서재 안이 너무 어두워서 잠깐 동안 저는 아무것도 분간할 수 없었어요. 그러나 난로 앞에 큰 안락의자와 번쩍이는 티 테이블과 그 옆에 좀 작은 의자가 있는 것이 보였습니다. 그 다음에는 한 남자가 무릎을 담요로 덮고 베개로 머리를 괴고 큰 의자에 앉아 있음을 알아볼 수 있었습니다. 제가 말릴 사이도 없이 그분은 일어나서―좀 비틀거리면서―의자 등에 의지하고 말 없이 저를 바라보았습니다. 그러자―그러자―그분이 당신이라는 것을 알았어요! 그러나 그때도 저는 알아차리지 못했어요. 저는 키다리 아저씨가 저를 놀라게 해주려고 당신을 그곳에 오게 했는 줄 알았어요.

그러자 당신이 웃으면서 손을 내밀고 "귀여운 주디, 내가 키다리 아저씨라는 것을 짐작 못했어?" 하고 말했지요.

그 순간 모든 것이 번개처럼 스쳐갔습니다. 오, 참 저도 바보였지요! 제 머리가 조금만 더 좋았다면 알아낼 수 있었던 일이 수도 없이 많았는데, 저는 결코 명탐정은 못 되겠지요? 키다리 아저씨, 아니 저비, 어떻게 부를까요? 그저 저비라고 부르자니 공손치 못한 것 같은데 저는 당신한테 공손해야 돼요!

의사 선생님이 와서 저에게 가라고 할 때까지 반 시간은 너무나 달콤했어요. 저는 너무나 멍해져서 역에서는 세인트 루이스 행 기차를 탈 뻔했어요. 그런데 당신도 꽤 멍해 있었어요. 저에게 차를 권하는 것도 잊어버렸지요. 그러나 우리는 정말, 정말 행복했어요, 그렇지요? 제가 역에서 록 월로우 농장으로 마차를 타고 돌아갈 때는 이미 어두웠어요. 그러나 오, 별들이 참으로 아름답게 반짝였어요! 그리고 오늘 아침 저는 콜린을 데리고 당신과 제가 함께 갔던 곳들을 모두 돌아다니면서, 당신이 한 말과 당신의 모습을 회상했어요. 오늘은 숲이 번쩍이는 청동색이며 공기는 서리로 가득 차 있습니다. '등산하기' 좋은 기후입니다. 당신이 여기 계셔서 저와 함께 등산을 하면 얼마나 좋겠어요. 사랑하는 저비, 보고 싶어 죽겠어요. 그러나 이렇게 그리는 마음도 행복합니다. 우리는 곧 함께 지내게 될 테니까요. 우리는 이제 거짓으로 꾸민 것이 아니라, 정말 진짜 서로의 것입니다. 제가 드디어 누구의 것이 된다는 것이 야릇하지 않아요? 제가 누구의 것이 된다는 것은 아주, 아주 달콤한 듯합니다.

그리고 저는 잠시도 당신을 섭섭하게 하지 않을 거예요.

영원히 당신의 것인 주디 올림

추신 : 이것은 제가 처음 써본 연애편지입니다. 제가 이런 것을 다 쓸 줄 알다니 우습지요?

작가와 작품 해설

작가 진 웹스터(Jean Webster)는 1876년 7월 24일, 미국 뉴욕주 프레도니아에서 탄생했다. 아버지는 출판업자로 마크 트웨인의 유명한 소설 《톰 소여의 모험》을 출판했으며, 어머니는 마크 트웨인의 조카로 재담가였다.

진 웹스터는 유복하고 문학적 분위기가 넘치는 가정에서 자랐으며 충분한 교육을 받아 우수한 재능을 꽃피울 터전을 닦았다. 1896년 뉴욕 주 빙검톤 시에 있는 여학교를 졸업하고 1901년 배서(Vassar) 대학을 졸업했다. 대학에서는 문학과 경제학을 전공했는데, 학창 시절부터 이미 작품 활동을 하여 신문사의 기자로도 활동했으며 교내 문학 잡지에 단편을 기고하기도 했다.

웹스터의 본명은 앨리스 제인 첸들러 웹스터(Alice Jane Chandler Webster)였는데 대학 때 한 급우의 이름이 역시 앨리스여서 혼돈을 피하기 위해 진(Jean)으로 바꾼 후 늘 이 이름을 사용했다. 진은 마크 트웨인의 어머니 이름을 딴 것이다. 대학을 졸업한 후에는 창작 활동에만 전념했으며 재학 시절에 단편적으로 발표했던 것들을 모아 《패티가 대학에 갔을 때》라는 제목으로 출판했다. 이

책은 성공하여 《키다리 아저씨》와 함께 웹스터의 널리 읽히는 책이 되었다.

웹스터는 여행을 많이 했는데 특히 이탈리아에서 오래 머물렀다. 이러한 산악 지대 생활의 경험과 한 수녀원에서의 생활 경험이 《보리공주(The Wheat Princess)》의 소재가 되었다. 그녀는 뉴욕의 옛집에 살면서 이 《키다리 아저씨》 등을 집필했다.

1915년 9월 7일, 그러니까 그녀 나이 40세 때 글렌포드 매키니라는 변호사와 결혼, 뉴욕 시의 센트럴 공원의 집과 매사추세츠 주의 시골 농장에서 번갈아가며 살았다. 그러나 그 이듬해 6월 11일 첫딸을 낳고 불행히도 사망하게 되어 좀더 원숙한 작품을 쓸 기회를 놓치게 되었다.

편지 형식으로 된 《키다리 아저씨》는 쾌활하고도 감미로우나 불우한 어린이들에게 따스한 사랑의 손길을 펴야 한다고 호소하고 있다. 이 작품이 출판되자 미국에서는 고아들에 대한 자선사업이 활발하게 벌어진 바 있으며, 이 소설은 이 문제에 대한 여러 편의 논문이나 설교보다도 몇 배의 호소력을 가지고 있다고 평가받았다.

작자는 후에 이 소설을 희곡화하여 또한 성공했다. 또한 무성 영화 시대에 여배우 메리 픽포드 주연으로 영화화되었고, 다시 레슬리 캐론과 프레드 아스테아의 주연으로 뮤지컬 영화가 제작되었다. 이 작품은 해피엔드로 끝나는 '신데렐라' 적 구성으로 되어 있으나 단순히 감미로운 소녀 소설이 아니라, 사회의 모순과 종교의 독선을 신랄히 비판하며, 당시 아직 여성에게 참정권이 부여되지 않은 점을 문제 삼는 등 진보적인 사상을 보여주고 있다.

웹스터는 학창 시절부터 빈민굴, 고아원, 교도소 등을 빈번히 방문하면서 사회사업에 대한 관심을 나타냈는데, 그녀가 대학에서 경제학을 전공한 까닭도 실은 공장 등지를 견학하며 사회의 모순된 측면을 관찰하려 했기 때문이다. 그녀는 가난하고 불우한 아이들에 대한 자선을 인간애에 호소했으며 사회개혁도 파괴적이고 과격한 것이 아니라 점진적인 것이어야 함을 주장했다.

《키다리 아저씨》가 많은 사람들에게 계속 읽히는 것은 이런 사회 개혁에 대한 주장보다는 그녀의 독특하고도 재미있는 구성과 발랄하고 유머에 찬 문체로 표현된 믿음과 희망과 사랑의 이야기 때문이라 하겠다. 문학 소녀인 주인공 주디가 모든 역경을 딛고 일어나 불요 불굴의 정신력으로 노력하여 작가로서도 성공하고 사랑도 함께 얻게 된다는 이 흐뭇한 이야기는 한 여대생의 즐거운 생활과 미국 동부의 아름다운 자연과 함께 독자의 마음에 길이 남게 될 것이다.

옮긴이 **한영환**
서울대학교 문리대 영문학과를 졸업하고
연합통신 기자를 역임했다.
옮긴 책으로 아그논《약혼녀》,
P. 라게르크비스트《바라바》,
에릭 시걸《올리버 스토리》등이 있다.

키다리 아저씨

1판 1쇄 발행 2000년 9월 30일
3판 1쇄 발행 2017년 10월 10일
3판 2쇄 발행 2024년 10월 1일

지은이 진 웹스터 | **옮긴이** 한영환
펴낸곳 (주)문예출판사 | **펴낸이** 전준배
출판등록 2004. 02. 11. 제 2013-000357호 (1966. 12. 2. 제 1-134호)
주소 04001 서울시 마포구 월드컵북로 21
전화 393-5681 | **팩스** 393-5685
홈페이지 www.moonye.com | **블로그** blog.naver.com/imoonye
페이스북 www.facebook.com/moonyepublishing | **이메일** info@moonye.com

ISBN 978-89-310-1068-8 03840

• 잘못 만든 책은 구입하신 서점에서 바꿔드립니다.

문예출판사® 상표등록 제 40-0833187호, 제 41-0200044호